[illegible]

커렉터

2019년 7월 27일 1판 1쇄 인쇄 / 2019년 8월 9일 1판 1쇄 발행

지은이 이준호 / 펴낸이 임은주
펴낸곳 도서출판 청동거울 / 출판등록 1998년 5월 14일 제406-2002-000128호
주소 (10881) 경기도 파주시 문발로 115 (파주출판도시) 세종출판벤처타운 201호
전화 031) 955-1816(관리부) 031) 955-1817(편집부) / 팩스 070-7614-2303
전자우편 cheong1998@hanmail.net / 네이버블로그 청동거울출판사

책값은 뒤표지에 있습니다.
잘못 만들어진 책은 바꾸어 드립니다.
지은이와의 협의에 의해 인지를 붙이지 않습니다.

First published in Korea in 2019 by CheongDongKeoWool Publishing Co.
Printed in Korea.

ISBN 978-89-5749-214-7 (43810)

이 도서의 국립중앙도서관 출판시도서목록(CIP)은 서지정보유통지원시스템 홈페이지
(http://seoji.nl.go.kr)와 국가자료공동목록시스템(http://www.nl.go.kr/kolisnet)에서
이용하실 수 있습니다. (CIP제어번호: CIP2019029430)

*이 책은 2013년 아르코문학창작기금을 지원받아 발간되었습니다.
*한국문화예술위원회의 지원을 받은 토지문화관 창작실에서 집필된 작품입니다.

커렉터

이준호 장편소설

청동거울

차례

커렉터

1

"류타!"

눈을 떴다. 이모의 새된 목소리였다는 걸 깨닫곤 베개에 얼굴을 묻었다. 이모에겐 두 가지 인격체가 있다. 우주항공박물관의 큐레이터인 고상하고 친절한 이모와 집에서 나를 끊임없이 귀찮게 하는 얄밉고 까다로운 이모. 나를 깨운 건 뒤의 이모다.

"뭐 해? 몇 번이나 불렀는데."

이모의 목소리가 다시 들려왔다.

"일어났어요."

마지못해 대답하며 돌아누웠다. 방문을 벌컥 열고 들어온 이모가 내 엉덩이를 찰싹 때렸다.

"일어나!"

"이모, 내가 몇 살인지 아세요?"

반사적으로 발딱 일어나 볼멘소리로 물었다.

"열두 살? 아니, 열 살이던가?"

이모가 너스레를 떨었다.

"그러니까 엉덩일 때리죠. 저도 다 컸어요. 열일곱이에요, 열일곱!"

"어휴, 그러셨어? 대견도 하셔라. 난 또 맨날 깨워야 일어나길래 아직 코흘리개인 줄 알았지. 머리 봐라. 잘하면 새가 둥지 틀겠다. 어서 씻어!"

말을 말아야지. 이모는 입씨름에서 지는 법이 없다. 몸을 비틀며 기지개를 켰다. 거실엔 텔레비전이 켜져 있었다. 욕실로 가는 내 발목을 아나운서의 목소리가 붙잡았다.

"……안중근의 유해가 발굴돼 140여 년 만에 반도 땅을 밟습니다. 3년 전부터 유해 발굴 작업을 해온 스즈키 이치로 교수팀은 중국 하얼빈에서 안중근의 것으로 추정되는 유해를 발굴, 안중근의 후손에게서 채취한 유전자와 대조한 결과 일치하는 것으로 최종 확인했습니다. 익명을 요구한 조선총독부의 한 고위관리는 내지(일본)와 반도의 화합을 위해 이번 사업을 추진하게 되었다고 밝혔습니다. 안중근은 메이지 42년 10월 26일 하얼빈 역에서 이토 히로부미 공을 테러하려다 사열 중이던 러시아 병사에 의해 사살, 하얼빈의 한 공동묘지에 매장됐던 것으로 알려져왔습니다. 한편, 33개로 구성된 애국보수단체는 조선총독부의 이번 처사가 내지와 반도의 화합을 저해할 뿐만 아니라 국민들의 혈세를 낭비하는 대표적인 사례라는 성명을 발표했습니다. 안중근의 후손 중에도 안중근이 살인을 일삼은 테러리스트라는 이유로 그의 유해가 반도로 반입되는 걸 반대하는 사람이 많은 것으로 알려지고 있습니다.

다음 소식입니다. 어제 오후 9시경, 경성부(京城府) 본정(本町)의 한 일등시민 전용카페에서 시한폭탄이 터져 열두 명의 사상자가 발생했습니다. 조선총독부 경무국에선 조선의 분리 독립을 주장하는 극렬단체의 소행으로 보고 수사를 벌이고 있지만, 시한폭탄이 설치된 시점을 몰라 수사에 난항을 겪고 있습니다. 이번 사건을 계기로 조선총독부 경무국은 헌병대와 공조하여 테러와의 전쟁을 선포하는 동시에 극렬단체들을 지속적으로 발본색원하겠다고……."

"어서 밥 먹어."

이모의 재촉에 대충 씻고 식탁에 앉았다. 다시마 주먹밥, 모시조개를 넣고 끓인 미소 된장국, 구이 김 다섯 장, 우매보시와 생강 초절임, 가지 절임 몇 조각. 후식으로 오렌지 세 조각과 딸기 세 알. 열량과 영양을 고려한 아침식단은 메뉴만 조금씩 바뀔 뿐 늘 비슷했다. 요즘은 식사대용 캡슐로 끼니를 해결하는 사람이 드물었다. 한때는 편리함과 간편함을 추구했지만 지금은 인간다운 삶이 강조되는 시대였다.

스쿨버스가 다른 날보다 5분 늦게 왔다. 맨 뒷좌석으로 갔다. 누가 정해준 건 아니지만 아이들에겐 각자 지정석이 있었다. 단말기를 이어폰 모드로 놓고 음악을 켰다. 한 곡 반복으로 설정해둔 레드프라이데이의 〈굿바이, 크루얼 월드〉가 흘러나왔다. 나는 지난 시대의 노래를 즐겨 듣는다. 시끄럽고 자극적이기만 한 요즘 노래는 소음공해일 뿐이다. 리듬이 인간의 감성을 자극하고, 가사에 진실

한 메시지가 담긴 지난 시대의 노래엔 진정한 음악정신이 살아 있다. 창밖으로 고개를 돌렸다.

사람들이 보도블록 위를 오갔다. 빨간 티셔츠를 입은 여자가 눈에 띄었다. 황급히 몸을 돌렸다. 사람들과 섞인 여자는 눈 깜짝할 사이에 사라졌다. 잘못 본 거야. 몸을 바로 했다가 다시 고개를 돌렸다. 여자를 보았던 장소가 점점 멀어지고 있었다. 몸집과 걸음걸이가 엄마와 비슷했다. 단발인 머리 모양도 똑같았다. 나는 고개를 저었다.

엄마가 이렇게 가까운 곳에 있을 리가 없잖아.

쇼타가 건들거리며 다가왔다. 또 무슨 사고를 쳤나? 복도 끝에 교무실이 있었다. 1학년 때 같은 반이었던 쇼타는 우리 학교의 대표적인 문제아였다. 걸음걸이만 봐도 어떤 부류의 아이인지 감이 대충 잡혔다.

"어디 가?"

목적지가 뻔했지만 예의상 물었다.

"교무실에."

역시나.

"왜?"

"여행 신고하러."

"여행?"

내 짐작은 보기 좋게 빗나갔다.

"응, 가족들이랑 일주일간 여행 가."

"가상공간 여행?"

"아니, 실제로."

"부럽다, 야. 잘 다녀와라."

쇼타의 아버지는 큰 제재소를 세 개나 운영하고 있었다. 천연자원이 고갈돼가고 있어 목재는 비싸고 귀했다. 돈이 있다고 아무나 제재소를 운영할 수 있는 건 아니다. 삼등시민들에겐 더욱 그랬다. 어떤 식으로든 일등시민과 친분이 있어야 가능했다.

나에게 여행은 생소한 단어였다. 나는 엄마가 실종된 뒤로 여행을 간 적이 없다. 그러고 보니 이모도 여행을 간 적이 없었다. 이모는 경제적으로 쪼들리지 않을 뿐더러 삶의 질을 소중히 여기는 사람이다. 그런 이모가 여행을 가지 않는 건 의외였다.

하굣길에 엄마와 비슷한 여자를 봤던 장소를 지나쳤다. 고개를 들고 재빨리 주위를 살폈다. 여자는 없었다.

이모가 소파에 앉아 단말기를 들여다보고 있었다. 현관문이 닫히는 소리가 났는데도 몰랐다. 이모는 직접 기획한 전시나 급한 업무가 없으면 출퇴근이 자유로운 편이었다. 몸이 아프거나 컨디션이 좋지 않으면 재택근무를 하는 경우도 많았다. 이모의 눈과 입가에 잔잔한 웃음이 어려 있었다. 뭔데 저렇게 정신이 팔려 있지? 때마침 전자레인지에서 타이머가 울렸다. 이모가 단말기를 탁자에 놓고 주방으로 갔다. 뒤꿈치를 들고 탁자로 갔다.

단말기 화면에 만개한 벚꽃을 배경으로 남녀가 활짝 웃는 사진이 떠 있었다. 짧은 머리에 군복을 입은 남자가 여자의 어깨에 팔을 둘렀다. 남자는 20대 중후반쯤이었다. 구릿빛 얼굴이 강인해 보였다. 소매를 걷은 팔뚝은 근육이 잘 발달돼 있었다. 머리를 쇼트커트로 친 여자도 군복 차림이었다.

"뭐 하는 거야!"

이모가 주방에서 뛰쳐나왔다.

"이 사람들 누구예요?"

나는 단말기를 잽싸게 등 뒤로 감추었다.

"이리 내놔!"

"누군데요?"

"아무도 아니야."

이모가 어서 내놓으란 듯 손바닥을 아래위로 흔들었다. 예민한 반응을 보이니까 더 궁금했다. 이모가 나에게 달려들었다. 나는 소파 뒤로 피했다. 이모와 실랑이를 벌이며 소파 둘레를 몇 바퀴 돌았다.

"잠깐, 말해줄게."

이모가 숨찬 소리로 말했다.

"진즉에 그러실 것이지."

나도 숨을 몰아쉬었다.

"이리 와."

소파에 앉은 이모가 옆자리를 가리켰다. 단말기를 건네고 소파에 앉았다. 이모는 단말기만 들여다볼 뿐 좀체 입을 열지 않았다.

"누군데요?"

내가 재촉했다.

"예전에 애인이었던 사람."

"여자는요?"

"이모 친구."

"그런데 왜 이모 애인이 이모 친구랑 사진을 찍었어요?"

"그냥, 그럴 일이 좀 있었어."

이모가 얼버무렸다.

"애인이 군인이었어요?"

이모가 고개를 끄덕였다.

"왜 헤어졌어요?"

"훈련받다가 저 세상으로 갔어."

너무 담담해서 유학 갔다는 말처럼 들렸다. 괜히 물었다 싶었다. 이모의 애인이었던 남자가 어떤 이유에선가 이모의 친구와 사귀게 되었고, 이모는 남자와 헤어졌다. 그리고 남자는 죽었고 이모는 아직 잊지 못하고 있다. 요약하면 그런 얘기 같았다.

"제 이모부가 될 뻔했던 사람이네요."

어색한 분위기를 수습하려고 꺼낸 말인데 더 이상해지고 말았다.

"그런가?"

이모가 쓸쓸하게 웃었다. 눈가에 주름이 잡혔다. 이모도 적은 나이가 아니었다. 엄마보다 두 살 아래니까 올해 마흔다섯. 집과 직장밖에 모르는 이모에게도 애인이 있었다니 의외였다. 여성 히어로물의 주인공처럼 강인한 줄만 알았던 이모의 어두운 부분을 엿본 것 같아 기분이 묘했다.

주방으로 간 이모가 전기레인지 위에 냄비를 올려놓았다. 머지않아 양념 냄새가 풍겼다. 내가 좋아하는 도미탕이었다. 도마에 대고 칼질하는 소리가 규칙적으로 들려왔다.

이모를 흘끔 보고 나서 양말을 둥글게 말아 빨래바구니에 던졌다. 양말은 욕실 문설주에 맞고 떨어졌다.

"하지 말랬지."

이모가 칼질을 하면서 말했다. 이크. 잽싸게 달려가 양말을 주워 빨래바구니에 넣었다. 이모는 뒤통수에도 눈이 달렸다.

"이모."

"왜?"

"이모는 휴가 같은 거 안 가요?"

도마질 소리가 잠깐 흐트러졌다 이내 박자를 되찾았다.

"참, 깜박했네. 내일부터 2박 3일간 여행 가기로 했어. 혼자 있기 그러면 함께 갈래? 학교엔 체험학습 신청하면 되잖아."

"이모는……. 내가 유치원생인가요. 그리고 아르바이트는 어떡하고요."

"그건 그러네."

"어디로요?"

"마음 같아선 실제로 남미나 아프리카 같은 데로 가고 싶지만 돈이 많이 들어서. 풍토병이나 바이러스도 무섭고. 가상공간 여행이나 가야지, 뭐."

이모의 말처럼 가상공간 여행은 비용도 저렴하고 건강을 해칠 염려도 없었다. 현실에선 각 나라의 방역 당국도 미처 파악하지 못한 바이러스가 곳곳에 도사리고 있었다. 뇌에 전기 자극을 주어 즐기는 가상공간 여행이지만 무시할 게 아니다. 모든 게 실제와 다를 바

없었다. 시간의 흐름도 현실과 똑같았다.

"어느 시대로요?"

"아직 정하지 않았어."

"나라는 정했어요?"

"그것도 아직. 찬찬히 생각해보지, 뭐. 참, 아르바이트는 할 만해? 밤을 새는 일이라서 좀 걱정된다."

"재미있어요."

나는 토요일과 일요일, 군산부(群山府)가 운영하는 우주항공박물관에서 야간경비 아르바이트를 했다. 오후 11시와 오전 3시, 두 번 순찰을 도는 것치곤 시간당 임금이 다른 일에 비해 높았다. 잠을 좀 설치긴 했지만 상관없었다. 주말엔 집에서도 밤을 새는 일이 흔한데, 돈까지 버니 더할 나위가 없었다. 아르바이트 공고가 났을 때 지원자가 꽤 많았다. 개중엔 일등시민과 이등시민 아이도 여러 명 있었다. 그 아이들을 제치고 내가 합격한 건 이모가 우주항공박물관에 근무하기 때문이었다.

2

가상공간 여행인데도 이모는 한껏 멋을 부렸다. 챙이 넓은 모자에 선글라스까지 썼다. 집 안을 돌아다니며 귀찮을 정도로 이것저것 당부하더니 현관문을 나서기 전에 또 같은 말을 반복했다. 나는 건성으로 대답하며 대문 앞까지 배웅했다.

"밥 잘 챙겨 먹어."

이모가 대기 중인 콜택시에 올랐다. 식탁에 아침을 차려뒀지만 먹기가 귀찮았다. 오디오의 볼륨을 한껏 높였다. 어깨로 리듬을 타며 이모 몰래 숨겨뒀던 크래커를 먹었다. 포장지는 거실 바닥에 던졌다. 이모가 없는 집은 나만의 해방구였다. 과자 부스러기를 흘려도, 옷을 벗어 아무렇게나 던져도 뭐라고 하는 사람이 없었다. 자유를 맘껏 누리고 싶었다.

축구화와 유니폼을 챙겨 집을 나섰다. 세수는 하지 않고 눈곱만 대충 떼어냈다. 부립(府立)스포츠센터에서 다른 반 아이들과 축구 시합이 있었다.

우리 팀에서 세 명이나 부상을 당해 나는 전후반을 다 뛰었다. 미드필드를 맡아 정신없이 공을 쫓아다니느라 온몸이 다 젖었다. 큰 점수 차로 지긴 했지만 오랜만에 격렬한 운동을 했더니 몸과 마음이 상쾌했다. 패스트푸드 체인점으로 몰려가 먹고 마시면서 떠들다 헤어졌다.

현관문 앞에서 단말기를 꺼냈다. 메시지가 온 게 있나 확인하려는데 화면에 프린터로 출력한 메모지가 붙어 있었다. 뭐지? 내가 붙인 게 아니었다.

류타, 잘 지냈니?

너, 우리가 함께 묻었던 타임캡슐 생각나니? 잊은 건 아니겠지? 좀 찾아볼래? 뒤뜰에 있는 삼나무에서 동쪽으로 다섯 걸음 떨어진 곳에 묻었잖아. 너도 기억나지? 나한테 말도 없이 너 혼자 열어본 건 아니겠지? 아무리 생각해도 타임캡슐에 뭘 넣었는지 기억이 안 나. 함께 찾아보면 좋겠지만 내가 너무 먼 곳에 있어서 말이야.

그전에 먼저 할 일이 있어. 축구화와 유니폼이 든 가방을 열어봐. 감시카메라 탐지기가 있을 거야. 전원을 켜서 몸에 숨기고 집 안 곳곳을 다녀봐. 감시카메라가 있으면 경고음이 울릴 거야. 감시카메라가 없으면 타임캡슐을 꺼내도 돼. 하지만 경고음이 울리면 꺼내지 말고 삼나무 뒤쪽의 울타리 위에 돌멩이 하나를 올려둬. 그런 다음 이 메모와 감시카메라 탐지기는 강에 버리렴. 그리고 일상생활로 돌아가면 돼.

마당과 뒤뜰엔 감시카메라가 없는 걸 확인했으니까 집 안만 확인하렴.

또 연락할게. 안녕.

오래 못 본 친구, 거위가.

타임캡슐?

나는 고개를 갸웃했다. 아무리 머릿속을 뒤적여도 타임캡슐을 묻었던 기억이 없었다. 하지만 장난이라고 웃어넘기기엔 나에 대해 너무 잘 알고 있었다. 게다가 거위라니! 거위는 잔소리가 심한 엄마에게 내가 붙여준 별명이었다. 끊임없이 잔소리를 해대는 엄마가 낯선 사람을 보면 꽥꽥대며 시끄럽게 구는 거위와 비슷했기 때문이었다. 내가 엄마를 거위라고 부르는 사실을 아는 사람은 없었다. 메일을 주고받거나 쪽지를 남길 때 우리끼리만 암호처럼 사용했으니까.

집 안에 감시카메라가 있다는 말은 또 뭐지?

가방에 손을 넣어 더듬었다. 바닥에 굵은 펜처럼 생기고 딱딱한 물건이 만져졌다. 뱀이라도 잡은 듯 얼른 손을 뗐다. 손을 넣긴 했어도 정말 있으리라곤 생각지 않았다. 뭐가 어떻게 돌아가는지 알 수 없었다. 속는 셈 치고 감시카메라 탐지기를 바지주머니에 넣고 방과 주방, 욕실을 오갔다. 경고음이 울리지 않았다.

마당과 뒤뜰엔 감시카메라가 없다고?

누군가가 우리 집을 지켜보고 있다는 말이었다. 집 주위를 둘러보았지만 아무도 없었다.

타임캡슐?

창고에 있는 캠핑 장비를 뒤져 휴대용 삽을 찾았다. 뒤뜰 삼나무에서 동쪽으로 다섯 걸음을 걸어 운동화 부리로 표시했다. 삽날을 가타카나의 후(フ)자 모양으로 고정시켰다. 삽날이 잘 들어가지 않았다. 흙 표면의 색깔이 주변과 다르지 않았다. 오래전에 묻은 게 맞았다. 30센티쯤 파내자 삽날에 뭔가가 부딪쳤다. 동시에 내 안에서

도 쿵 소리가 났다. 흙을 걷어내자 플라스틱 재질의 상자가 나왔다. 지금의 내 행동을 누가 보아서는 안 된다는 걸 직감했다. 주위를 다시 살피고 나서 흙을 마저 걷어냈다.

가로 1미터, 세로 50센티가량인 상자는 두 손으로 들어야 할 만큼 무거웠다. 방수제로 막아둔 뚜껑을 열고 내용물을 꺼낸 다음 빈 상자를 도로 구덩이에 넣고 흙으로 덮었다. 발로 꾹꾹 다지고 낙엽을 가져와 뿌렸다. 마음이 놓이지 않아 낙엽을 한 번 더 흩뿌렸다.

전기충격기와 적외선고글, 티타늄 재질의 원통 1개, 비닐에 싸인 하이브리드 회로판 2개와 리모컨처럼 생긴 플라스틱 재질의 조그만 직사각형 기기, 그보다 작은 플라스틱 재질의 타원형 기기, 옆에 손잡이가 달린 스테인리스 통 1개, 작동표시 램프와 버튼 3개가 달린 네모난 기기, 서류정리용 파일이 나왔다. 지름 20센티, 길이 40센티쯤 되는 티타늄 재질의 원통에선 고농축연료막대가 나왔다.

서류정리용 파일을 펼쳤다. 종이에 단정히 써 내려간 필체가 눈에 익었다.

엄마!

침을 꼴깍 삼켰다. 부들부들 떨리는 손에 힘을 주어 내용을 훑어보았다. 역사에 관한 것들이었다. 종이 사이에서 봉투가 떨어졌다. 봉투를 열어 종이를 펼쳤다.

류타.

놀라지 마. 엄마란다.

살갑게 나를 부르는 엄마의 목소리가 들리는 듯해 목이 메었다. 편지를 쥔 채 뛰어나갔다. 집 근처를 돌고 나서 도로변까지 나갔다. 엄마 비슷한 사람도 없었다. 눈물을 흘리며 정신없이 왔다 갔다 하는 나를 사람들이 흘끔거렸다. 나는 아랑곳 않고 달렸다. 멀리 가진 못했을 것이다. 도로변은 물론이고 근처 골목길까지 뒤졌지만 없었다. 이 골목 모퉁이를 돌면, 저 건물을 돌면 하는 기대는 번번이 실망으로 끝났다. 탈진 상태에 이르러서야 멈췄다. 엄마는 실종된 뒤로 줄곧 나를 지켜봐 왔다. 내 단말기에 메모지를 붙여놓은 것이나 감시카메라 탐지기에서 경고음이 울리면 돌멩이를 울타리에 올려두라는 것만 봐도 그랬다. 마음만 먹으면 어떤 식으로든 나와 만날 수 있었다. 아니, 무사하다는 메시지만 전했어도 이렇게 원망스럽지는 않았다. 엄마가 가까이에 있었다고 생각하니 상실감이 더 크면서도 한편으론 안도감이 들었다. 그렇지만 두 감정을 비율로 환산하면 90 대 10 정도였다. 이제 보니 엄마가 사라진 건 실종이 아니라 잠적이었다. 엄마가 사라진 뒤에 집으로 찾아온 경찰들이 실종이라고 말해 그런 줄만 알았다. 실종과 잠적은 사라진다는 의미에선 같지만 자발성의 여부에선 차이가 컸다.

도로를 질주하는 자동차를 멍하게 바라보다가 무거운 발걸음을 돌렸다.

침대에 걸터앉아 편지를 펼쳤다. 다시 눈물이 쏟아져 글자들이 이지러졌다. 손등으로 눈물을 닦았다.

우선, 심호흡을 열 번만 하렴.

끝났니?

단말기에 붙어 있던 쪽지는 네가 축구할 때 엄마가 붙여둔 거다.

류타, 이 편지를 읽더라도 엄마를 너무 원망하지 마. 이 일은 엄마가 선택한 거고, 그 선택에 어떤 시련과 혹독한 대가가 따르더라도 엄마는 기쁜 마음으로 받아들일 거니까. 너한텐 미안하고 죄책감이 들지만 다른 방법이 없었단다.

어디서부터 말을 꺼낼까?

알다시피 엄마는 양자물리학자야. 엄마의 직장은 판아시아연구소지. 우리 연구소에선 흔히 타임머신이라고 부르는 전송기계를 연구했어. 정부에서도 매년 예산을 배정받았지만, 주로 자금을 지원한 곳은 극우 성향의 기업체들이었지. 이 기업체들의 공통점은 지난 세기의 전쟁에서 군수물자를 생산해 막대한 이익을 챙기며 기술력을 향상시킨 곳이란 거야. 이 기업체들은 국가를 위해서라면 무슨 짓이든 해왔지. 연구소에서 엄마는 조선인 신분으로 비밀 프로젝트의 총괄책임자로 일했어. 이것 하나만 봐도 엄마가 얼마나 유능하고 똑똑한 사람인지 알겠지?(후후, 농담)

그런데 어느 날, 연구소의 에너지울타리가 파손되는 사고가 발생했어. 2051년 5월 11일 오후 2시 32분의 일이지. 에너지울타리는 외부에서의 침입을 막는 한편, 내부에선 허가받지 않고 전송기계를 가동하는 걸 방지하기 위해 설치한 거란다.

사고 원인은 놀라웠단다. 미래에서 전송돼온 사람 때문이었거든. 더 놀라운 건 그 사람이 전송된 목적이었어. 바로 엄마를 만나기 위해 온 거였거든. 때마침 연구실엔 엄마뿐이어서 그 사람과 대화를 할 수 있었어.

그 사람이 들려준 얘기는 아주 충격적이었어. 15년 뒤인 2066년, 조선의 독립을 주장하던 한 저항세력이 전송기계를 완성했어. 소프트웨어 개발회사로 위장한 저항세력 본부의 지하연구실에서였지. 2051년에 엄마가 저항세력에게 전달한 TX-7310의 설계도를 바탕으로 말이지. 완벽한 설계도가 있는데도 전송기계 완성에 15년이나 걸린 건 부족한 자금력과 기술력 때문이었다고 해.

모든 일들은 저항세력 내에서도 극비리에 진행됐어. 전송기계에 대해선 연구에 참여한 과학자들과 저항세력 핵심 관계자 몇몇만 알고 있었지. 저항세력 지휘부에선 '역사편찬위원회'라는 프로젝트명으로 역사를 바로잡기 위한 계획을 세웠어. 엄마가 전송기계 설계도와 함께 세 가지 역사 목록도 전달했거든. 과거의 역사를 바꾸면 연쇄반응을 일으켜 미래의 역사가 바뀔 거라는 가정하에. 미래가 더 나쁘게 바뀌면 어떡하느냐는 반론과 우려도 있었지만 일본에 의해 왜곡되고 조작된 역사를 바로잡으면 조선이 해방될 거라는 의견이 더 많았지.

과거로 전송될 정예요원들을 선발했어. 무술 실력과 판단력이 뛰어나고, 무기와 폭탄도 잘 다루며, 전투 경험도 풍부한 사람들이었어. 이로써 준비가 완전히 끝났어. 하지만 문제가 생겼지. 역사편찬위원회 프로젝트를 시행하기 2일 전, 소프트웨어 개발회사가 저항세력 본부라는 첩보를 입수한 보안국이 대규모 병력을 동원해 습격해온 거였어. 격렬한 총격전으로 많은 저항세력이 죽거나 다쳤어. 버티다 못한 저항세력 지휘부는 후퇴 명령을 내리는 동시에 본부건물을 다 날리고도 남을 양의 폭탄을 설치했어. 전송기계 주위엔 집중적으로 폭탄을 설치했지. 전송기계가 존재한다는 사실을 들켜선 안 됐거든.

그때 본부건물 지하실엔 전송기계를 점검하던 과학자 한 사람이 있었어. 그는 촘촘하게 설치된 폭탄들을 보며 생각했어. 전송기계 설계도를 다른 저항세력에게 전달할 방법이 없을까. 하지만 보안국에서 본부건물을 에워싸고 있어 탈출할 수가 없었어. 총소리가 지하실 쪽으로 점점 가까워졌지. 포위망이 좁혀지고 있다는 뜻이었어. 머리를 쥐어짜던 그는 한 사람을 떠올렸지. 바로 엄마였어. 전송기계의 설계도와 바로잡아야 할 세 가지 역사 목록을 전달해준 조선인이고, 과거로 오면 개발 중인 TX-7310이 있으니까 임무를 완수할 수 있으리라 판단한 거지. 그래서 그는 전송기계가 폭파되기 직전에 전송기계의 핵심부품을 가지고 엄마 연구실로 전송돼온 거야. 하지만 마음이 급한 나머지 에너지울타리는 미처 생각지 못했지. 알았다 해도 달리 방법이 없었겠지만.

그는 출혈이 심해 의식을 잃어가면서도 역사를 바로잡는 임무를 수행해달라고 부탁했단다. 그러곤 우리 연구진이 실패를 거듭하던 원인을 알려주며 미래에서 가져온 핵심부품을 전해주었어. 임무를 완수하면 핵심부품을 없애달라는 말도 잊지 않았어. 전송기계가 악용되지 않게 말이야. 그는 역사를 왜곡하고 조작하는 데 주도적인 역할을 한 건 보안국이라고 했어. 보안국이란 조직은 어느 시대에나 존재하면서 각기 다른 명칭으로 불렸다고 해.

에너지울타리가 파손된 원인을 찾아 연구소를 수색하던 보안팀이 엄마의 연구실에 왔을 때 과학자는 이미 숨을 거둔 뒤였어. 엄마는 과학자가 죽은 채 전송돼왔다고 둘러댔지. 연구 결과가 유출되는 걸 막기 위해 연구실엔 감시카메라를 설치하지 않았기에 거짓말이 통하는 듯했어. 하지만 엄마가 의무실에서 강심제를 가져온 사실이 드러났어. 다른 곳에 설치된 감시카메라를 분석하는 과정에서 알게 된 거지. 과학자와 대화한 걸 눈치챈 보안팀의 조사가 시작됐어. 시간이 별로 없었지. 머잖아 보안국이 개입할 거였거든.

엄마는 보안구역에 들어갔어. 과학자가 말하길 엄마가 그곳에서 바뀐 역사 목록 세 개를 찾았다고 했거든. 연구소는 보안 등급별로 통제구역이 있지만 엄마는 일급 보안카드를 가지고 있어 아무 곳이나 출입이 가능했지. 거기엔 전송기계 연구와 관련된 모든 자료들이 보관돼 있었어. 한참을 검색한 끝에 시대별로 구분된 자료 중에서 오래된 문서 하나를 찾았단다. 복잡한 암호를 걸어둔 것만 봐도 중요한 문서라는 걸 알 수 있었지. 이미지파일로 된 그 문서에는 일본이 과거로 뭔가를 보내 역사를 바꿨다는 내용이 담겨 있었어. 부분적으로 찢기고 글자가 희미해 내용을 다 파악하진 못했지만 과학자가 말해준 내용이 사실임을 알 수 있었지. 혹시나 싶어 확인해봤지만 바꾼 역사는 세 개 외엔 더 없었단다. 아마 과거로 메시지나 물건 같은 걸 보내 역사를 바꿨을 거야. 엄마는 믿을 만한 사람을 통해 전송기계의 설계도와 세 가지 역사 목록을 저항세력에게 넘기고 몸을 숨겼단다.

이것이 엄마가 잠적하게 된 전말이란다.

새로운 사실도 알게 됐어. 과학계에선 평행우주이론●이 물리학적 법칙에 모순되지 않는다는 게 정설이야. 하지만 평행우주이론은 잘못됐다는 게 밝혀졌어. 보안국에서 비밀리에 뭔가를 과거로 보내서 역사를 바꿨고, 과학자가 미래에서 전송기계를 사용해 엄마에게 오면서 모든 사건은 단일한 타임라인에서 인과성을 가진다는 게 증명된 거지.

류타, 누군가는 역사를 바로잡아야 한단다. 엄마가 직접 하면 좋겠지만 그럴 수 없는 상황이야. 보안국에서 엄마를 찾으려고 혈안이 돼 있어서 말이야. 게다가 엄마는 폐소공포증과 악성관절염이 있어 전송기계에 탑승할 수 없단다.

보안국에선 너를 통해 엄마를 찾으려고 무슨 짓이든 할 거야. 힘들지만 참아야 한단다. 엄마는 무슨 일이 있어도 모습을 나타내지 않을 작정이야.

시간이 많지 않단다. 네가 역사를 바로잡을 수 있으리라 믿어. 지금쯤이면 너에 대한 감시도 소홀해졌을 거야. 믿을 사람이 너밖에 없구나.

류타, 네가 꼭 해내리라 믿는다. 전송기계는 우주항공박물관에 전시된 TX-

● 평행우주이론에서는 우주뿐 아니라 우주에 속한 나 또한 하나가 아니며, 내 선택과 결정에 따라 나는 무한대로 분화된다. 즉 내가 도서관을 선택하면 동시에 다른 우주에선 피시방이나 패스트푸드점을 선택하는 내가 존재한다는 것이다. 또한 우주들끼리 상호작용하지 않고 고립된 채 공존하므로 과거를 바꿀 단일 타임라인이 존재하지 않는다.

7310 모델을 이용하면 될 거야. 전시될 때 부품들이 온전히 보존될 수 있도록 미리 손을 써놓을게.

류타, 타임캡슐에서 꺼낸 물건 중에서 전송기계의 핵심부품과 고농축연료막대는 매뉴얼에 따라 장착하면 돼. 별로 어렵지 않을 거야. 적외선고글은 밤에, 만능열쇠는 구형 자물쇠를 열 때 쓰면 돼. 전파교란기는 감시카메라의 작동을 멈추게 할 때, 전기충격기는 신변의 위협을 느끼는 상황에 사용해. 더 강력한 무기를 마련할까도 생각했는데 네가 다루기에 너무 위험해서 전기충격기만 준비했어. 스테인리스 통에 든 액체는 네가 일을 끝내면 플라스틱 상자에서 꺼낸 것들을 다시 넣고 그 위에 골고루 부으면 된단다. 모든 흔적을 감쪽같이 없애줄 거야. 강한 산성 물질이니까 절대 피부에 묻지 않게 조심해. 그리고 귀환장치는 과거에서 현재로 전송될 때 사용하면 돼. 꼭 기억해야 할 건 네가 전송되었던 영역에 가서 사용해야 된다는 거야. 그러니까 과거로 가면 도착 장소를 표시해야 돼.

사람마다 정도의 차이는 있지만 전송될 때마다 엄청난 고통이 따를 거야. 체력 소모도 심할 거고. 네 건강이나 체력을 고려해 전송 횟수를 조절해야 해. 몸이 너무 힘들다 싶으면 무조건 쉬어야 돼. 명심하렴. 이제 네 몸은 너 혼자만의 것이 아니란다. 역사를 바로잡을 사람은 너밖에 없어.

서류파일에 담긴 내용과 기기들의 매뉴얼은 숙지하고 없애버리렴. 전송기계의 매뉴얼도 핵심부품을 장착하면 즉시 없애야 한다. 가지고 다녀야 할 것들은 배낭에 챙기고, 액체가 든 스테인리스 통은 창고에 보관하렴. 등대 밑이 어둡다고 하지 않니. 다른 물건들 사이에 자연스럽게 두면 감쪽같을 거야. 그리고 연료가 부족할지 모르니 현재에서 가까운 역사부터 바로잡아야 해.

류타, 지금은 믿기지 않겠지만 곧 모든 걸 알게 될 거야. 꼭 엄마가 시키는 대로 해야 돼, 알았지? 월요일마다 네 머리를 스캔하는 건 엄마와 접촉이 있었는지 알아보기 위해서란다. 하지만 기계는 복잡하고 정교한 인간의 두뇌활동을 완벽하게 데이터화할 수 없단다. 기억을 수치화하는 과정에 혼란을 주려면 아래의 소설과 영화, 애니메이션을 월요일 등교 전까지 다 읽고 봐야 한다.

0.5초 후의 세계, 칭기즈 칸의 후예, 시간 속의 첩자, 높은 절벽의 사나이, Days of Honor, 타임라인-293, 유령부대.

류타, 강해져야 한다. 그리고 누구도 믿어선 안 돼. 네 이모 하루카까지도. 이것도 명심하렴. 종이에 적힌 세 가지 역사를 바로잡는 일 외엔 다른 사건에 개입해선 안 돼. 꼭 기억해!

혼란스럽겠지만 엄마 말을 믿고 따라주렴. 모든 건 너에게 달려 있어.

자, 어서 움직이렴.

엄마는 네가 해내리라 믿는다.

안녕.

류타를 사랑하는 거위가.

편지에선 절박함과 절실함이 느껴졌다. 그건 내가 위험을 감당해야 할 만큼 중대한 일이라는 뜻이기도 했다. 보안국이 꾸민 함정이 아닐까. 하지만 거위라는 단어와 엄마의 필체에 곧 의심을 걷었다. 게다가 엄마는 수공업자에게 특별히 주문한 만년필에 천연재료로 만들어 수백 년이 지나도 색상이 변치 않는 잉크를 썼다. 그래서 글자의 굵기나 색감이 독특했다. 엄마가 틀림없었다.

그동안 엄마는 어디에 있었던 걸까.

내가 할 수 있을까.

영화나 소설처럼 과거를 바꾸면 미래도 바뀔까.

많은 생각들이 한꺼번에 몰려 머리가 과부하 걸린 기계처럼 정지해버렸다. 수많은 물음표 사이로 모리 나가요시의 「첫사랑」이 떠올랐다. 책장에서 하드커버로 된 소설집을 꺼냈다. 경찰들이 가택수색을 하던 날, 엄마 책상 위에 펼쳐져 있던 책이다. 무슨 내용인가 싶어 몇 줄을 읽었는데 SF여서 의외였다. 과학자인 엄마와 SF는 양복 차림에 게타(나막신)를 신은 것만큼이나 어울리지 않았다. 모리 나가요시는 유명한 SF 작가였다. 세계적으로 권위 있는 상을 여러 차례 받았고, 인공위성에 탑승해 지구 둘레를 돈 우주여행가로도 유명했다. 1965년에 초판이 나왔고, 표제가 『시간의 역설』인 소설집엔 모두 일곱 편의 중단편이 수록돼 있었다.

「첫사랑」이 시작되는 36쪽을 펼쳤다.

70세 생일을 며칠 앞둔 시노 박사는 타임머신을 완성한다. 일생일대의 결과물 앞에서 와인으로 자축하던 시노 박사는 만감이 교차한다. 수많은 불면의 밤을 보냈고 수없이 자신의 능력을 탓했다. 사람들에게 무수한 놀림과 비난을 받았다. 친척은 물론 형제자매와도 멀어졌다. 학계에선 과대망상 환자라고 이지메를 당했다. 시노 박사는 온갖 역경과 좌절을 극복하고 타임머신을 완성한 자신이 대견하기만 하다. 하지만 일생의 숙원을 이룬 다음에 오는 허탈감과 허전함을 누를 길이 없다. 오늘따라 더 외롭다. 문득 첫사랑이 떠오른다. 타임머신 개발에 빠지지 않았다면 그녀와 결혼해 단란한 가정을 꾸렸을지도 모른다. 그녀가 보고 싶을 때마다 잊기 위해 더 연구에 몰두했다. 대기업의 중역과 결혼해 살다가 10여 년 전에 유방암으로 죽은 그녀가 몹시 그립다. 시노 박사는 타임머신을 조작해 그녀가 대학 신입생인 때로 간다. 그녀는 시노 박사의 모교인 도쿄제국대학 문학부에 재학 중이다.

그녀의 수업이 끝날 시간에 맞춰 도착한 시노 박사는 젊은 시노, 즉 자신을 발견한다. 역시 그녀를 기다리고 있는 젊은 시노는 헝클어진 머리칼에 유행이 한참 뒤떨어진 옷을 입고 있다. 잘생긴 얼굴이 아니다. 몸집도 왜소하다. 실험실에서 살다시피 해 창백한 피부와 약간 구부정한 어깨는 그가 어떤 유형의 남자인지 단적으로 말해준다. 이지적인 눈빛만이 촉망받는 과학도임을 알려주지만 그마저도 두꺼운 안경에 가려져버렸다. 시노 박사는 숫기가 없어 말도 걸지 못하는 젊은 시노가 답답하고 안타깝다. 머지않아 그녀가 친구들과 함께 나타난다. 젊은 시노는 나무 뒤에 몸을 숨기고 그녀를 훔쳐본다. 친구가 우스갯소리를 하자 그녀가 고개를 젖히고 활짝 웃는다. 레몬즙이 사방에 흩뿌려지듯 상큼하고 발랄한 모습이다. 시노 박사는 가슴이 두근거린다. 몸은 늙었지만 마음은 예전으로 돌아간 듯하다. 교문으로 향하던 그녀의 머리에서 뭔가가 떨어진다. 나비 모양의 머리핀이다. 그녀에게 정신이 팔린 젊은 시노는 그 사실도 모른다. 시노 박사는 머리핀을 주워 그녀가 떨어뜨린 거라며 젊은 시노에게 준다. 말이라도 걸게 해주고 싶었던 것이다. 쭈뼛거리던 젊은 시노가 구십 도로 허리를 숙여 보이곤 그녀에게 달려간다. 시노 박사는 미래의 자신을 알아보지 못하는 젊은 시노를 남겨두고 현재로 돌아온다. 그런데 예상치 못한 일이 벌어져 있다. 다른 상황은 모두 그대로인데, 첫사랑인 그녀는 시노 박사의 아내가 되어 있고, 둘 사이엔 다섯 명의 자녀가 있다. 시노 박사는 대학교수로 정년을 해 안락한 노후를 즐기고 있다. 그제야 시노 박사는 깨닫는다. 머리핀을 주워준 사소한 행위가 미래에 영향을 미쳤음을.

그럴듯한 내용이었다. 양자물리학자인 엄마도 공감하니 읽었을 것이다. 『시간의 역설』은 엄마가 소장한 책 중에서 유일한 SF였다. 과거를 바꾸면 미래도 바뀐다. 그렇게 정리하자 머릿속이 한결 차분해졌다. 엄마를 믿고 따르기로 했다.

3

서류정리용 파일에 든 종이를 차례로 읽어나갔다. 종이에는 각기 다른 내용이 담겨 있었다.

① 에놀라 게이

② 고가 다다요시

③ 안중근

에놀라 게이는 중학교 역사 시간에 배웠다. 미군 B-29 폭격기의 기체 명칭인 에놀라 게이는 기장인 폴 티베츠 대령의 어머니 이름이었다.

대동아전쟁* 당시 '리틀 보이'라고 명명된 원자폭탄이 폭발해 티니언 섬 전체가 초토화되었다. 내지의 히로시마를 공격하기 위해 원자폭탄을 탑재한

에놀라 게이가 사이판 섬 남쪽에 위치한 티니언 섬에서 이륙하려던 순간 미군 비행장에 침투한 일단의 일본 병사들이 에놀라 게이를 폭파했다. 공격에 참가했던 일본 병사들은 그 자리에서 장렬히 전사했다.

미쓰비시사에서 제작한 제로센은 대동아전쟁● 당시 일본의 항공모함 탑재 전투기였다. 제로센 D1-108기를 몰던 고가 다다요시는 역사교과서뿐 아니라 일본 전쟁사에도 길이 남을 영웅이었다. 내 장래 희망은 우주 파일럿이다. 삼등시민인 내 신분으론 그 꿈을 실현할 가망성이 거의 없지만, 그걸 알면서도 포기할 수 없을 만큼 매력적이다. 아니, 이룰 수 없기에 더 간절한 건지도 모른다. 우주 파일럿을 꿈꾸게 된 건 고가 다다요시 때문이었다. 그의 행적은 눈 감고도 달달 외울 수 있었다.

쇼와(昭和) 17년(1942년) 6월 4일, 알류산 열도의 더치 하버 공격에 참가한 일등비행병조(一等飛行兵曹) 고가 다다요시는 항공모함 류조에서 첫 출격하여 미군 전투기 3대를 격추하는 전과를 올렸다. 그 뒤로도 출격 때마다 꾸준히 전과를 올려 미군기를 37대나 격추하면서 '하늘의 악마'라는 별명을 얻었다. 그러나 쇼와 19년(1944년) 10월 26일, 레이테 해전에서 미국 항공모함을 공격하던 중에 왼쪽 눈을 실명, 비행 교관으로 활약하다 종전을 맞았다.

● 동아시아와 아프리카의 여러 국가를 식민지로 삼은 서구 열강을 물리치고, 동아시아 여러 민족을 해방하기 위해 일본이 연합국을 상대로 벌인 전쟁. 일본을 중심으로 하는 대동아공영권 구현이 목적이었다. 서양에선 '태평양전쟁'이라고 한다.

안중근은 며칠 전 아침뉴스에 나왔던 인물이었다. 내가 그에 대해 아는 건 비교적 간단했다.

안중근은 이토 히로부미 공을 테러하려다 실패하고 러시아 병사들에게 사살되었다. 가벼운 총상만 입은 이토 공은 세계의 평화와 화합을 위해 평생을 헌신했다.

정보를 더 알아보려면 단말기로 검색하면 간단했다. 하지만 그러면 흔적이 남았다. 엄마의 소재를 파악하려고 보안국에서 나를 감시하고 있었다. 아마 엄마가 잠적한 직후부터였을 것이다. 엄마를 찾기 위해 보안국이 무슨 짓이든 할 거라던 편지 내용이 생각나며 내 입에서 아, 하는 탄성이 새어 나왔다. 다른 사람들은 평생에 한 번 겪을까 말까 하는 사고가 유독 나에게만 잦았던 이유를 깨달았던 것이다.

중학교 1학년 여름방학을 2주일 남겨 두고 유괴되었다. 지역 교육청에서 주관하는 특기적성계발 수업에 다녀오던 길이었다. 승합차에 강제로 실린 나는 5일 동안 산속에 있는 어느 목조주택에 갇혀 지냈다. 남성 2인조 유괴범들은 무뚝뚝하고 말수가 적었다. 때리거나 위협하지는 않았다. 이모에게 돈을 요구하던 유괴범들은 비공개로 진행되던 수사가 공개로 전환된 지 3일 만에 나를 한적한 국도변에 버리고 도망갔다. 유괴범들은 치밀했다. 범행에 사용한 자동차는 물론이고 침이나 머리카락처럼 유전자샘플을 채취할 어떤 흔적도 남기지 않았다. 지문이나 발자국조차 없었다. 늘 스키마스크를 쓰고 있어 얼굴을 보지 못했다. 경찰은 그들의 도주 경로에 설치된 감시카메라의 녹화영상을 분석했지만 단서를 찾지 못했다. 연일 내 얼굴이 뉴스와 신문에 대문짝만 하게 나와 한동안 나는 모자를 푹 눌러쓰고 다녀야 했다.

큰 교통사고는 두 번이나 당했다. 횡단보도를 건너다 트럭에 부딪혀 한 달간 입원했고, 또 한 번은 심부름 가는 길에 승용차가 덮쳐 갈비뼈 2개가 부러졌다. 손목에도 금이 갔다. 그대로 달아났던 승용차 운전자는 끝내 잡히지 않았다. 그때도 3주간 병원 신세를 졌다. 두 번 다 언론에 크게 보도되었다.

이 모든 일들이 엄마를 유인하기 위한 보안국의 음모였단 말인가?

보안국에서 엄마와 접촉한 사실을 알게 될지도 모른다고 생각하니 으스스한 한기가 돌았다. 조선총독의 직속기관인 보안국은 식민지 내외의 정보를 수집 · 분석하고, 내지와 식민체제를 위협하는 세력을 색출하는 게 주된 임무였다. 보안국에 소환되면 혹독한 심문을 받았고, 더러는 고문을 받기도 했다. 심지어는 행방불명이 되기도 했는데, 그것은 곧 그 사람이 불순분자라는 의미였으므로 가족조차도 쉬쉬하며 알려지는 걸 꺼렸다. 보안국은 일반 사람에게는 공포의 대상이었다. 엄마의 잠적에 보안국이 개입했다는 건 그만큼 사안이 심각하다는 뜻이었다.

방바닥에 늘어놓은 물건들을 내려다보다 전기충격기를 집어 들었다. 버튼을 누르면 3단으로 펴졌다가 다시 누르면 원래대로 돌아갔다. 손잡이 위쪽에 강도를 조절하는 버튼이 있었다. 전파교란기는 사용법이 간단했다. 스위치를 켜면 작동하고 끄면 정지되었다. 귀환장치에도 버튼이 하나뿐이었다. 타원형으로 생긴 기기는 만능열쇠였다. DNA인식이 보편화된 지금과 달리 예전엔 열쇠로 자물쇠를 여는 방식이 일반적이었다. 과거로 가야 하니 꼭 필요했다.

매뉴얼을 보면서 기기들의 사용법을 익혔다. 액체가 든 스테인리스 통과 감시카메라 탐지기를 창고 깊숙이 숨기고 에어드라이버를 꺼내 왔다. 물건들을 배낭에 넣었다. 연료막대는 부피에 비해 무게가 나가지 않았다. 그러고 나서 파일 속 종이에 적힌 연월일과 장소를 외웠다. 현재에서 가까운 사건부터 바로잡으라고 했으니 엄마가 정리해둔 대로 1945년 에놀라 게이, 1942년 고가 다다요시, 1909년 안중근의 순이었다. 머릿속에 확실히 입력하고 나서 필요 없어진 종이를 들고 잠시 고민에 빠졌다. 모든 건축물에 설치된 센서는 허용치 이상의 열과 연기를 감지하면 즉시 소방방재청으로 신호를 보내도록 설계돼 있었다. 정원에서 태우면 사람들 눈에 띌 것이다. 궁리 끝에 편지를 전기오븐에 넣고 점화 버튼을 눌렀다. 재는 모아서 좌변기에 버렸다. 전송기계의 매뉴얼도 외우고 나서 같은 방법으로 없앴다.

소설과 영화, 애니메이션은 모두 대체역사물이었다. 차례로 다운로드했다. 용량을 많이 차지하진 않았다. 정부에서 무상 제공하는 메모리는 용량이 작았다. 그래서 용량을 초과하면 덜 중요한 순서대로 지워야 했다. 개인적으로 구입하는 메모리는 비쌌다. 피라미드형 계층구조에서 꼭짓점을 차지한 일등시민은 부담이 되지 않지만 아래쪽에 몰려 있는 삼등시민은 구입할 엄두조차 내지 못할 가격이었다. 정보에도 등급을 매겨 신분에 따라 접근 권한을 엄격히 제한했다.

혹시 빠뜨린 게 있나 방 안을 둘러보다 역사 선생님이 내준 과제가 떠올랐다. 이토 공이 아시아와 세계 평화에 기여한 역할과 의의에 대해 세 장 이하로 작성할 것. 안중근의 구체적인 행적을 조사하기 위해 단말기로 안중근 사건에 연루된 공범들의 공판기록을 열람했다. 과제를 위한 거니까 검색 흔적이 남아도 상관없었다. 판결문엔 이토 공 테러미수사건 관련자들의 심문 내용과 증언, 그리고 안중근의 행적이 연월일은 물론이고 분 단위 시간까지 꼼꼼하게 정리돼 있었다.

다 읽고 나서 학습프로그램에 접속했다. 커다란 문부과학성 로고에 이어, 문부과학성에서 제작된 프로그램이므로 학습 이외의 목적으로 사용해선 안 된다는 경고 문구가 떴다. 음성 지시에 따라 몇 가지 버튼을 누르자 눈앞에 가상공간이 펼쳐졌다.

나는 어느 낯선 거리에 서 있다. 한낮이다. 인적이 드문 거리엔 군데군데 눈이 쌓여 있다. 바람이 불자 자잘한 눈가루가 얼굴에 들러붙는다. 안중근이 이토 공을 저격하기 전날인 10월 25일이면 조선은 가을이지만 하얼빈은 북위 45도에 위치한 곳이어서 겨울이다. 어깨를 떨며 셔츠 앞자락을 여민다. 체험 효과를 높이기 위해 구현된 가상현실이지만 꽤나 사실적이다.

발짝 소리가 가까워진다. 한 남자가 나타난다. 도리우찌를 쓴 남자는 두 손을 외투주머니에 꽂고 있다. 빠른 걸음으로 다가오는 남자의 얼굴을 본다. 안중근이다. 내 곁을 지나치는 그가 뭔가를 떨어트린다.

"저……."

안중근을 향해 들었던 손을 내린다. 떨어지는 소리가 아주 컸다. 그가 몰랐을 리 없다. 그렇다면 학습프로그램이 내가 그와 접촉할 계기를 마련해준 것이다. 떨어뜨린 걸 주워 든다. 이토 공을 저격할 때 쓴 브라우닝 M-1900 권총이다. 적당한 거리를 두고 그의 뒤를 따른다. 그가 묵고 있는 김성백의 집으로 들어간다.

나무문을 두드린다. 중년 여인의 목소리가 나무문을 넘어온다.

"누구세요?"

"심부름 왔습니다."

무슨 말을 해도 문을 열어줄 테지만 잠깐 생각했다가 대답한다. 현장감과 사실감을 살리고 싶다. 중년 여인이 문을 연다.

"안중근 씨께 전해드릴 게 있습니다."

"들어오렴."

여인은 아무것도 묻지 않는다. 김성백의 부인으로 보이는 여인은 학습프로그램에서 조연일 뿐이다. 번거로운 절차가 생략돼 다행이다.

여인은 복도 왼쪽에 있는 방으로 나를 안내해주고 돌아간다. 방문을 두드리자 문이 조금 열린다. 나를 본 안중근의 얼굴에 경계의 빛이 어린다. 가까이에서 보니 사진보다 더 야위고 험악하다. 아까는 보지 못했는데 왼쪽 턱에 3센티가량의 칼자국도 있다.

"무슨 일이니?"

술 냄새가 확 풍긴다. 구취와 싸구려 보드카 냄새에 속이 뒤집힌다. 중증의 알코올중독자답게 주독이 오른 코는 빨갛다.

"이거 전해드리려고요."

"이걸 네가 왜……?"

그가 권총을 빼앗듯이 가져가 요모조모 뜯어본다.

"내 총이 맞구나. 혼자냐?"

나는 고개를 끄덕인다.

"들어오너라."

옆으로 비켜선 그가 문을 마저 연다.

침대와 나무탁자, 그리고 난로가 전부인 방은 소박하고 단출하다. 탁자 위에는 보드카병과 보드카가 반쯤 찬 유리잔이 놓여 있다. 난로 위에서 주전자가 끓고 있다. 함께 머물고 있는 유동하라는 청년은 보이지 않는다.

"이건 어디서 났느냐?"

그가 권총을 들어 보인다. 나를 지그시 쏘아보는 눈엔 수면 부족 때문인지, 술기운 때문인지 핏발이 섰다.

"아저씨가 떨어뜨린 걸 주워 왔어요."

"그래? 이거 너 말고 본 사람 있니?"

"없어요."

"다행이로구나. 차 마실래?"

나는 고개를 끄덕인다. 그가 주전자를 가져와 찻잔에 따른다. 한 마디쯤 없는 왼손 넷째 손가락 끝이 뭉툭하다.

"몇 가지 물어봐도 될까요?"

나는 곧장 본론으로 들어간다.

"그러렴, 큰 신세도 졌는데."

그가 찻잔을 내 앞에 놓아준다. 알코올중독 때문에 수전증이 심해 찻물이 탁자 위로 흐른다.

"왜 이토 공을 죽이려고 하세요?"

"암살 계획까지 알고 있단 말이냐?"

그는 놀라서 벌어진 입을 다물지 못한다.

"걱정 마세요. 저만 알고 있어요."

나는 안심하라는 뜻으로 고개를 끄덕인다. 그가 굳은 얼굴로 보드카를 한 모금 마신 뒤 입을 연다.

"내가 죽이는 대상이 누구인가는 중요하지 않다. 목숨값이 얼마냐가 문제지."

"배후는 누군가요. 알려진 대로 러시아인가요?"

"그 질문엔 대답하지 않겠다."

그가 정색한다. 외교적인 마찰이나 분쟁의 소지가 있는 질문은 피해 가게끔 프로그램되었나 보다.

"그럼 왜 하필 살인을 직업으로 택하셨어요?"

"살인이라니?"

주먹으로 탁자를 내리친 그의 입에서 침이 튄다. 나도 모르게 자라목이 된다. 거칠고 예민한 반응이다. 역사수업에서 배운 그대로다. 그는 다혈질인 데다 강퍅한 성격이어서 말보다는 주먹이 앞서는 사람이다. 그래서 주위 사람과 걸핏하면 주먹다짐을 벌였다.

"죄송해요. 왜 킬러라는 직업을 선택했어요?"

나는 슬쩍 표현을 바꾼다.

"다른 사람이 하지 않는 일이라서."

그의 말투는 언제 그랬냐는 듯 예사롭다. 감정의 기복이 심하다.

"단지 그것뿐이에요?"

그가 고개를 끄덕이며 술잔을 든다.

"천주교 신자로 세례까지 받으셨죠?"

"그렇다."

그가 지저분한 유리잔에 보드카를 가득 채운다.

"천주교에선 살인을 금하지 않나요?"

"그런 건 중요하지 않다."

"그럼 뭐가 중요하죠? 종교인으로서 살인을 하면 안 되잖아요?"

나는 내친김에 몰아붙인다. 그가 마시던 술잔을 집어 던진다. 벽에 부딪친 술잔이 산산조각 난다. 나는 마음을 다잡는다. 위축될 이유가 없다. 이 상황은 실제가 아니니까. 그가 입가로 흐르는 보드카를 손등으로 문지르며 나를 쏘아본다. 그럴 수밖에 없을 것이다. 러시아의 사주를 받고 이토 공을 죽이려고 했으니 국가니 신념이니 하는 거창한 명분이 있을 리 없다.

일러전쟁에서 패한 러시아는 자존심에 큰 상처를 입었다. 국제적인 입지도 많이 좁아졌다. 그중에서도 1905년 쓰시마해전에서 세계 최강이라고 자타가 공인하던 발트함대가 일본 연합함대에 대패한 건 씻지 못할 치욕이었다. 이에 대해 복수의 칼을 갈고 있던 러시아는 불량배와 다름없는 청부살인업자인 안중근을 고용해 이토 공을 암살하려고 했다.

찻잔을 든다. 맛만 봐선 무슨 차인지 알 수 없다. 약간 떫은맛이 난다. 녹차 맛인데 녹차는 아니다. 두 손을 찻잔에 두른다. 이 정도면 됐다. 내 목적은 그와 논쟁을 하는 게 아니다.

그가 권총을 분해하기 시작한다. 부품들을 기름 묻은 천으로 구석구석 닦더니 다시 결합한다. 손놀림이 민첩하면서도 정확하다. 표정도 내 질문에 대답이 막히자 술잔을 던질 때와는 사뭇 딴판이다. 권총을 손에 쥐자 돌연 자신감에 차서 눈이 빛난다.

탁자에 놓인 총알들 머리에 열십자로 흠집이 나 있다. 덤덤탄이라고 했던가. 몸속에 박혔을 때, 여러 조각으로 나뉘어 치명상을 입히는 효과가 있다. 그가 총알을 하나하나 장전한다. 탄창에 일곱 발, 약실에 한 발. 그런 다음 권총을 허리춤에 찔러 넣는다.

"어떠냐?"

그가 권총을 툭툭 치며 묻는다.

"멋있어요."

엄지를 내민다. 그가 야비하게 웃더니 권총을 뽑아 든다. 그야말로 번개 같다. 차를 따를 때와는 달리 손도 떨지 않는다. 나를 향하고 있는 총구를 보자 실제가 아니란 걸 알면서도 등골이 서늘해진다.

"와! 정말 빨라요."

우쭐해진 그가 건맨처럼 방아쇠울타리에 검지를 넣어 권총을 돌리다 다시 허리춤에 꽂는다. 동작에 허세가 가득하다. 그가 갑자기 벽에 걸어둔 외투를 벗겨낸다.

"어디 가세요?"

"하얼빈 역에."

"왜요?"

"사전답사 하려고."

"따라가도 돼요?"

"맘대로 해라. 걸리적거리지만 않으면 된다."

그가 도리우찌를 쓰고 방을 나선다.

어깨를 웅크린 사람들이 잰걸음을 옮긴다. 마차도 지나간다. 그를 따라가며 주위를 살핀다. 하얼빈은 러시아가 19세기 말 중국으로부터 철도부설권을 따내 철도를 건설하면서 만들어진 도시다. 그래서 유럽풍 건물이 많다.

양쪽에 기둥을 세운 하얼빈 역사에 황제가 다스리던 러시아 시대의 삼색기가 펄럭인다. 꼭대기에 원형시계가 붙어 있고, 지붕에는 피뢰침이 우뚝 솟아 있다. 입구에는 구형 승용차가 시동을 건 채 세워져 있다. 마차가 손님을 기다리고 있다. 여행객들이 쉴 새 없이 드나든다.

그가 역 광장을 거닐면서 길 건너를 주의 깊게 살핀다. 뭔가를 따져보는 눈빛이다.

"뭘 보세요?"

"예상 탈주로를 파악하는 거다."

"군인들과 환영 인파를 뚫고 도망가는 게 쉬울까요?"

"그냥 습관적인 거다. 현장에서 잡힌다고 해도 대비는 해둬야지."

담담하게 말한 그가 발길을 돌린다.

"어디 가세요?"

"따라와 보면 안다."

그가 외투 깃을 세운다. 역사 옆쪽으로 가 계단을 오른다. 철로를 가로지른 다리 위에 서자 하얼빈 역이 한눈에 들어온다. 얽히고설

킨 여러 가닥의 레일이 희미한 안개 속으로 뻗어 있다. 기차가 도착할 시간인지 가방이나 보따리를 든 사람들이 플랫폼에서 서성인다.

그때, 누군가가 찬바람을 일으키며 우리 앞을 지나친다. 하마터면 부딪칠 뻔했다. 그 사람은 곧 되돌아온다. 여자다. 내 앞에 그녀의 발에서 벗겨진 구두가 옆으로 누워 있다. 구두를 주워 그녀에게 준다.

"고마워요."

숨을 몰아쉬는 그녀의 입에서 연신 하얀 입김이 뿜어져 나온다. 흐트러진 머리칼 사이로 그녀의 얼굴이 드러난다.

"엄마……?"

"류타!"

딱딱하게 굳어 있던 엄마의 얼굴에 왈칵 반가움이 실린다. 나는 너무 놀라 그 자리에 얼어붙는다. 엄마가 믿기지 않는 듯 두 손으로 내 얼굴을 어루만진다. 가상현실인데도 손바닥의 감촉이며 온기가 아주 생생하다.

"어떻게……."

나는 겨우 입을 연다. 엄마는 가상현실에 있을 수 없다. 하지만 내 눈앞에 있다. 이 상황을 어떻게 받아들여야 할지 몰라 당황스럽다. 엄마의 손이 내 손으로 옮겨간다.

"어떻게 여길……."

"널 따라 여기 들어왔다가 쫓기는 중이란다."

엄마가 빠르게 말하며 내 어깨 너머를 살핀다. 초조한 기색이 역력하다.

"그동안 어디에 계셨어요?"

"지금은 말할 수 없단다. 그렇지만 함께 살 날이 곧 올 거야."

"정말요?"

"그럼, 류타, 엄마가 준 거 어디다 뒀는지 말해줄래?"

엄마가 다급하게 묻는다. 엄마가 달려온 쪽에서 날카로운 호루라기 소리가 울려 퍼진다. 누런 군복을 입은 일본군들이 달려오고 있다. 내 뒤쪽과 나를 번갈아 보는 엄마의 눈길에 다급함과 절박함이 서려 있다.

타임캡슐을 말하는 건가?

나는 잠깐 갈등하다가 마음을 정한다. 엄마가 아무도 믿지 말라고 했다. 지금 만나는 이 엄마는 실제 엄마가 아니다. 엄마는 과학자니까 이런 방법으로 나를 찾아올 수도 있다. 그렇지만 엄마가 직접 묻은 타임캡슐을 모른다는 건 말이 안 된다. 마음을 독하게 먹기로 한다.

"뭘요?"

"제발 말해주렴. 우리가 함께 살려면 그게 꼭 있어야 된단다."

엄마의 손에 힘이 들어간다.

"저기다!"

날카로운 외침이 들려온다. 여러 사람이 내딛는 발짝 소리가 가까워진다. 군화여서 소리가 더 크다.

"류타, 엄마를 믿어야 한다. 말해주렴."

엄마가 내 손을 흔들며 재촉한다.

"엄만 제게 아무것도 주지 않았어요."

흔들리는 마음을 다잡아 말한다. 고개까지 흔든 건 절대로 말해선 안 된다는 무의식적인 몸짓이다.

"잘 생각해봐!"

엄마의 목소리가 커진다.

"정말 없어요."

"정말?"

"예."

내 어깨 너머를 힐끗 본 엄마가 내 손을 놓는다.

"거기 서!"

다시 호루라기 소리가 들린다. 엄마가 뒤돌아서서 달린다.

"비켜!"

엄마를 따라가려는데 신경질적인 외침이 들린다. 고개를 돌리는 순간 어깨에 통증을 느끼며 나뒹군다. 나와 충돌한 일본군이 휘청거리더니 욕설을 내뱉으며 멀어져간다. 그는 권총을 들었다. 소총을 든 일본군 셋이 차례로 나를 뛰어넘는다. 다들 팔죽지에 헌병이라고 쓴 완장을 둘렀다. 나는 두 손으로 머리를 감싼 채 몸을 웅크린다. 권총을 든 일본군이 호루라기를 불며 서라고 외친다. 둔탁한 군홧발 소리가 어지럽다.

어깨와 무릎이 얼얼하다. 엄마는 벌써 계단 아래로 사라졌다. 서너 걸음 달려가다 돌아선다. 일본군에게 쫓기는 엄마를 만나서 뭘 어쩌겠다는 건가. 무엇보다 이곳은 가상현실이다.

"헌병들에게 쫓기는 걸 보니 큰 죄를 지었나 보군. 정말 엄마니?"

안중근이 묻는다. 어깨를 문지르며 고개를 끄덕이다 이내 가로젓는다. 나 자신도 확신이 없다. 그는 내 대답에 개의치 않고 난간 너머로 고개를 돌린다. 허전한 마음에 엄마가 사라진 곳을 바라본다.

정말 엄마일까?

신경질적이고 날카로운 호루라기 소리만 허공으로 울려 퍼진다.

"저기다, 내일 거사를 벌일 장소가."

그가 앞쪽을 턱짓한다. 나는 어디를 가리키는지 몰라 두리번거린다. 그가 귀찮은 듯 미간을 찌푸리더니 외투주머니에서 손을 꺼내 앞을 가리킨다. 손가락 끝이 가닿은 곳을 본다. 플랫폼이다. 그가 담배를 꺼내 물고 불을 붙인다. 성냥이라는 건데 지금은 쓰지 않는 물건이다.

"난 역 1층에 있는 찻집에서 대기할 거다."

"이토 공을 죽여서 얻는 게 뭐죠?"

"돈을 받았으니까 일을 할 뿐이다."

"돈이 사람 목숨보다 귀중한가요?"

"내겐 그렇다."

그의 눈길은 여전히 플랫폼에 가 있다.

"손가락은 왜 그렇게 되셨어요?"

"이거?"

그가 왼손을 들어 보이더니 입꼬리를 비튼다.

"마작판에서 눈속임하다 당한 거다. 아주 지독한 놈을 만났지. 마적단과 끈이 닿아 있는 놈이었는데, 한 번만 봐달라고 그렇게 사정하는데도 손도끼로 가차 없이 내리치더군. 그나마 다행이다. 다른 손가락도 자르겠다고 덤비는 걸 떼굴떼굴 뒹굴어서 겨우 피했지. 간질이 발작한 것처럼 말이야, 이렇게."

눈을 하얗게 까뒤집은 그가 몸을 비틀어 보인다. 말투엔 자신을 대견해하는 기색이 묻어 있다. 대단한 기지를 발휘해 위기를 모면했다고 여기는 눈치다. 나는 건성으로 고개를 끄덕여준다. 그가 아직 많이 남은 담배를 다리 난간 너머로 튕긴다.

가상체험을 끝냈다. 안중근의 형상과 뒤로 펼쳐진 하얼빈 역이 사라졌다.

다른 항목에 접속하시겠습니까?

학습프로그램이 물었다. '예'를 선택해 목차를 살폈다. 역사적 사건들이 연도별로 정리돼 있다. 목차를 스크롤하는데 '청산리 토벌전'이 눈에 띄었다.

가상체험에는 접속하지 않고 해설만 읽었다.

청산리 토벌전

1. 개요

황군●이 조선인 비적단들을 토벌하면서 벌였던 전투. 다이쇼 9년(1920년) 10월 21일 중국 길림성 화룡현 백운평에서 시작해 26일까지 벌어진 10여 차례의 전투이다. 청산리 토벌전은 황군과 조선인 비적단들 사이에 벌어진 백운평 토벌전, 완루구 토벌전, 천수평 토벌전, 어랑촌 토벌전, 천보산 토벌전, 고동하 토벌전 등 다양한 토벌전의 총칭이자 황군이 거둔 승첩을 통칭하

● 천황폐하의 군대라는 뜻.

는 단어이다. 처음으로 토벌전이 벌어졌던 백운평이 삼도구의 청산리에 속해 있었기 때문에 이어서 벌어진 토벌전까지 '청산리'라는 지명으로 부르게 되었다.

2. 전개

① 백운평 토벌전

조선인으로 구성된 비적단들은 조선독립군 부대임을 자처하며 간도를 거점으로 노략질을 일삼았다. 당시 간도에는 북로군정서(600여 명), 대한독립군(300여 명), 국민회군(250여 명), 의군부군(150여 명), 한민회군(200여 명), 광복단군(200여 명), 의민단군(100여 명), 신민단군(200여 명) 등의 대규모 조선인 비적단이 난립하여 민간인 피해가 극심하였다.

그중에서 북로군정서가 다이쇼 9년(1920년) 9월 25일과 10월 2일 두 차례에 걸쳐 길림성 훈춘현을 공격하였다. 이때의 방화와 약탈로 다수의 일본인 사상자가 발생하였으며 일본영사관이 불타는 막대한 손실을 입었다. 이 사건을 자국에 대한 선전포고로 규정한 일본은 자국민의 생명과 재산을 보호하기로 결정, 중국 정부에 강력한 항의와 더불어 토벌작전 협조를 요청해 출병을 승인받았다.

토벌작전에 투입된 주력부대는 연해주에 주둔하던 제11사단, 제19사단 병력과 관동군에서 차출된 일부 병력이었다. 이 부대들을 이소바야시 지대, 기무라 지대, 아즈마 지대의 3개 부대로 나눈 다음, 각 부대가 1개 구역씩을 담당하여 조선인 비적단을 토벌하는 작전을 벌였다.

길림성 안도현 남쪽과 화룡현 북쪽에 위치한 천보산에 주력을 둔 아즈마

지대는 추격에 쫓긴 북로군정서가 청산리 골짜기를 통과할 것이라는 첩보를 입수했다. 북로군정서는 조선인 비적단 중에서 규모가 가장 컸다. 그뿐만 아니라 간도지역에선 우는 아이에게 "북로군정서 온다."라고 하면 울음을 그칠 정도로 극악무도했다.

정찰부대원으로 백운평 토벌전에 참가했던 마루야마 상등병은 "험한 산들 사이로 도처에 높고 가파른 골짜기가 있다. 청산리 계곡은 그중 하나이다. 길이는 30킬로가 넘고, 폭이 가장 좁은 곳이 1.5킬로, 가장 넓은 곳이 3.6킬로에 이른다. 청산리 계곡을 따라 4킬로를 더 들어가면 좌우로 깎아지른 듯한 산이 펼쳐져 있다. 이곳이 바로 백운평이다. 그 주위에는 침엽수들이 하늘을 찌를 듯 솟아 있어 한낮에도 어둡다. 매복하기에는 최적의 조건을 갖춘 셈이다."라고 증언했다.

아즈마 지대장은 야마다 연대에게 백운평 고지로 즉각 이동할 것을 명령했다. 야마다 연대는 백운평 고지에 도착하여 매복에 들어갔다. 곳곳에는 박격포와 기관총을 배치하였다.

10월 21일 오전 8시경, 북로군정서는 일렬종대로 천천히 다가왔다. 일부는 육포를 씹었고, 또 일부는 두런두런 잡담을 나누었다. 말을 타고 무리를 인솔하는 자는 두목 김좌진이었다. 황군의 추격에 지친 김좌진은 지저분한 몰골이었다. 뒤따르는 무리도 거지꼴이나 다름없었다. 후미에는 장비와 식량을 실은 마차들이 줄을 이었다. 그들에게 총구를 겨냥한 부대원들은 공격명령을 기다렸다. 비적단은 황군의 매복을 전혀 눈치채지 못했다. 비적단의 후미가 분지로 막 들어섰을 때, 한 발의 총성이 울렸다. 야마다 대좌가 쏜 권총을 신호로 총구들이 일제히 불을 뿜었다. 40여 분간의 일제 사격으로 비적단 220여 명을 사살했다. 우왕좌왕하던 비적단은 시체와 부상자를 버리고 도망쳤다. 용기백배한 황군은 비적단을 추격하기 시작했다.

10월 21일 오전부터 다음 날 새벽까지 벌어진 토벌전에서 황군은 북로군정서 460여 명을 섬멸하는 전공을 세웠다. 이에 반해 황군은 전사 3명, 부상 4명이라는 경미한 피해를 입었을 뿐이다.

② 완루구 토벌전

학습프로그램을 종료했다. 역사 시간에 배운 내용이지만 김좌진이 비적 두목도, 일본군이 청산리 토벌전에서 승리한 게 아닐 수도 있었다.

창밖으로 고개를 돌렸다. 미풍에 살랑거리는 나뭇잎을 보자 엄마에 대한 죄책감이 밀려왔다.

사실대로 말했어야 하나? 아니다. 아무리 생생하다 해도 가상현실에서 겪은 허구에 불과했다.

보안국에서 전송기계의 핵심부품을 회수하려고 꾸민 일인가?

그러고 보니 엄마가 맡긴 걸 내놓으라던 사람이 현실에서도 있었다.

엄마가 사라지고 얼마 뒤였다. 경찰 조사도 끝나고 이모와 함께 살게 된 다음이었다. 쉬는 시간에 상담실로 불려갔다. 상담실에는 모르는 여자가 있었다. 자신을 엄마의 친구라고 소개한 여자는 엄마 심부름으로 왔다면서 다짜고짜 엄마가 맡긴 걸 찾으러 왔다고 했다. 말투가 고압적이어서 주눅이 들었다. 한참을 으르고 달래던 여자는 그냥 돌아갔다. 이모에게 말했더니 학교에 알아보겠다고 하곤 흐지부지 넘어갔다.

전송기계를 보고 싶어 엉덩이가 들썩거렸다. 아르바이트가 있는 날이니까 저녁에 가서 봐도 되지만 그때까지 기다릴 수 없었다. 그동안 보안국에서 나를 감시해왔지만 완벽한 건 아니었다. 엄마가 나와 접촉한 것만 봐도 그랬다. 내 행동 패턴을 알고 있을 보안국으로선 내가 우주항공박물관을 관람하는 건 예외가 될 수도 있다. 역사 과목엔 흥미가 없어 단체 견학과 조별 과제 때문이 아니고는 나 혼자 간 적은 없으니까. 하지만 우주항공박물관의 야외전시장엔 내가 좋아하는 제로센과 다른 비행기들도 있었다.

4

출입구를 중심으로 좌우 대칭인 우주항공박물관은 지상 3층, 지하 2층의 규모였다. 외벽은 대리석을 붙인 유럽식이다. 본관 지붕은 일본 전통식으로, 마름모꼴 형태가 꼭 사무라이 투구처럼 생겼다. 간이 차양 아래에서 서너 사람이 노인의 설명을 듣고 있다. 차양 위에 '일한합방 공로자들의 명예회복을 위한 서명운동'이라는 홀로그램이 떠 있었다. 출입구에서 노파가 유인물을 나눠주었다. 보통 서명운동은 온라인을 활용하는데, 호응이 저조하거나 적극적인 홍보가 필요할 때는 오프라인에서 이루어지기도 했다.

"부탁해요."

기모노를 입은 노파가 단말기를 내밀었다. 손사래를 쳐서 거절했다.

우주항공박물관에서 제공하는 음성설명을 내 단말기에 연결했다. 전시실은 테마별로 구성되어 있다. 우주복의 변천 과정을 보여주는 전시실을 지나면 전투기 조종사들의 비행복과 개인 소지품, 개인 화기를 전시한 공간이 나왔다. 전시실을 돌며 시간을 보내고 나서 1층 전송기계 전시실로 갔다.

입구 왼쪽에 있는 건 예전의 디젤기관차 크기였다. 철제 계단을 올라가야 하는 2층 구조로, 설명에 따르면 전송기계 초기 모델인 SD-709였다. 숫자 앞의 S와 D는 책임연구자 두 사람의 이니셜이라고 했다. 관람객들의 이해를 돕기 위해 군데군데 열어둔 덮개 안쪽으로 복잡한 회로판과 전선줄이 드러나 있다. 남매로 보이는 아이들이 계단에 올라가 SD-709 내부를 구경했다. 그 옆에는 SGH-1020. SD-709보다 훨씬 작아지긴 했지만 여전히 투박했다. 그 옆이 SP-3050. 새로운 개념의 전송기계였다. 탑승 인원도 두 명이었고, 그 즈음 고농축연료가 일반화되어 연료 공급도 훨씬 수월해졌다.

그 옆이 TX-7310. 성능에 획기적인 변화가 생기기 시작했다. 과거로 보낸 물건들이 현재로 귀환하는 결실을 보았던 것이다. 하지만 핵심부품의 안정성은 여전히 확보하지 못한 상태였다. 카메라를 몸에 장착한 영장류 수백 마리를 과거로 보냈지만 한 마리도 멀쩡하게 돌아오지 못했다. 대부분 죽거나 뇌사상태에 빠졌고, 전송기계와 동물이 융합되는 끔찍한 모습이었다. 좀 더 구체적인 데이터를 확보하기 위해 사형수 중에서 지원자를 선발해 실험하려는 시도가 있었다. 하지만 시스템이 불안정한 상태에선 인명 손실만 초래한다는 의견이 지배적이어서 무산되었다.

TX-7310 둘레를 한 바퀴 돌았다. 출입문이 반쯤 열려 있었다. 디지털계기판과 작동 버튼들이 조종석 앞쪽을 차지하고 있었다. 고만

고만하게 생겼지만 각기 다른 역할을 맡은 버튼들을 보고 있자니 걱정이 앞섰다. 기계를 다루는 데는 젬병이지만 믿는 구석이 있었다. 엄마가 작성한 매뉴얼에 따르면 복잡하긴 해도 작동원리는 무인자동차와 같다고 했다. 어려운 수학문제도 푸는 원리를 알고 나면 간단하지 않던가. 게다가 시간과 장소만 입력하면 작동하도록 세팅해둔다고 했으니 문제없었다.

가장 안쪽에 전시된 모델은 TX-7310의 업그레이드 버전인 RJP-8402였다. 여러 명이 탑승할 수 있고 다른 기능도 추가되었다. 하지만 연구가 시작되고 얼마 지나지 않아 큰 사고가 일어났다. RJP-8402를 시험 가동하던 중에 원인 모를 폭발이 일어나 연구원과 기술자 수십 명이 사망하거나 부상했다. 그 때문에 핵심시설이 몰려 있는 건물에 큰 화재가 발생해 데이터와 시스템 대부분이 손실되었다. 그 뒤로 전송기계 개발은 전면 백지화되었다. 쓸모가 없어진 전송기계들은 우주항공박물관으로 옮겨져 전시되었다. 그러니까 다른 전송기계들은 실물이지만 화재로 소실된 RJP-8402는 겉모양을 위주로 복원한 모형이었다.

TX-7310을 꼼꼼하게 살피고 나서 야외전시장의 비행기들을 둘러보았다. 제로센 앞에선 더 많은 시간을 보냈다.

일한합방기념탑에 사람들이 모여 촬영을 구경하고 있었다. 여자 리포터는 홀로그램으로 구현된 캐릭터이지만 인간보다 인기가 많은 야마토 나데시코였다. 일한합방기념탑 앞에 선 나데시코의 옷이 빠르게 바뀌었다. 배경에 적합한 디자인과 색상을 고르는 중이었다. 이

읏고 파란색 투피스에서 멈췄다. 일한합방기념탑을 향해 천천히 걸어가는 나데시코를 드론카메라가 따라가며 찍었다.

나데시코가 드론카메라를 향해 말했다.

"지금 사회 각계각층에서는 우리 역사의 숨은 공로자들에 대한 명예를 회복하자는 움직임이 활발하게 일어나고 있습니다. 바로 제 앞으로 보이는 일한합방기념탑이 그 움직임의 중심에 서 있습니다. 아니, 정확하게는 이 일한합방기념탑과 함께 세운 비석 때문입니다. 이 비석에는 글이 새겨져 있는데요. 제가 쟁점이 되고 있는 부분을 읽어보겠습니다."

내가 보기엔 문제가 없는데 나데시코는 마음에 들지 않는지 그 장면을 세 번에 걸쳐 다시 찍었다. 홀로그램 캐릭터이지만 인간처럼 사고하고 행동했다.

잠시 호흡을 가다듬은 나데시코가 음각된 문구를 짚어가며 읽었다.

"이 비석에 새겨진 명단에서 일한합방 조약을 지지한 조선인들을 제외한 것은 대의를 바로 세우기 위함이다. 나라를 배신한 행위는 동양의 덕목인 충과 의를 저버린 것이므로 일한합방 공로자 명단에서 제외한다."

나데시코가 다시 카메라를 보며 말을 이었다.

"이렇게 씌어 있군요. 일한합방에 기여한 공로는 인정되지만 동양의 근본정신인 충과 의를 저버렸기 때문에 명단에서 제외한다는 내용입니다. 저는 일한합방에 기여한 분들을 절개를 버렸다는 이유로 소외시키는 건 모순이라고 생각합니다. 오히려 그 공로를 높이

사서 훈장을 추서해야 한다고 보는데요. 여러분들의 의견은 어떠십니까?"

나데시코가 탑 둘레를 천천히 걸었다.

"최근 명단에서 제외된 후손들과 사회단체가 중심이 되어 서명을 받고 있습니다. 명단에서 제외된 불명예를 회복하겠다는 의도인데요. 우리 반도에선 쇼와 15년에 창씨개명이 시작되었고, 쇼와 19년엔 징병제 시행, 쇼와 27년엔 내지인들과 나란히 투표권을 행사하게 된 이래로 명실상부한 내선일체를 이루었습니다. 내지와 반도의 화합을 위해서라도 일한합방의 공로자들이 하루빨리 명예를 회복했으면 하는 바람입니다. 아침저녁으로 서늘하게 느껴집니다. 후생성의 발표에 의하면 감기 환자가 지난달에 비해 10퍼센트 정도 증가했다고 하는군요. 환절기에 감기 조심하셔야겠습니다. 시청해주셔서 감사합니다. 다음 주에 뵙겠습니다."

스태프들이 장비를 정리했다. 구경꾼들이 하나둘 흩어졌다. 나는 일한합방기념탑을 천천히 둘러보았다.

화강암 재질로 된 일한합방기념탑은 경주 불국사의 다보탑을 모방해서 만들었다. 내지의 수도인 도쿄 하라주쿠 역에서 내려 메이지 신궁으로 가다 보면 메이지 다리가 나온다. 10미터 높이의 일한합방기념탑은 그 근처에 있다. 이곳에 있는 건 일한합방기념탑을 4분의 1로 축소한 모형이고, 그 뒤에 있는 비석만 실물 크기이다. 비석에는 일한합방에 공로가 있는 내지인의 명단이 빼곡히 새겨져 있다. 그 옆으로 좀 떨어진 표지판엔 군산에 일한합방기념탑의 모형이 세워진 내력이 적혀 있다. 일한합방 공로자 중에 군산에서 활동하던 각계의 인사 3명이 대동아전쟁 때 각자 훈련용 비행기 1대씩을 해군에 헌납했는데, 그 공적을 기리기 위한 것이라고 했다.

일한합방을 지지한 조선인들의 공로는 인정되지만 충과 의를 저버려서 배제한다?

개가 웃을 일이다. 실컷 이용만 해먹고 버리겠다는 심보였다. 이유는 간단했다. 내지인이 아니어서 제외된 것이다. 순수혈통주의를 내세우는 일본은 식민지민에 대한 차별이 심했다. 부모 중에 한 사람이라도 식민지민이면 그 자손들은 죽을 때까지 삼등시민으로 살아야 했다. 일등시민은 내지에서 태어난 일본인, 이등시민은 식민지에서 태어난 일본인, 삼등시민은 식민 지배를 받는 식민지민이었다. 그러니까 조선인은 삼등시민에 속했다.

이등시민은 내지에서 태어나지 않았을 뿐이지 일등시민과 비교해 제도적으로나 법적으로 차별이나 제한은 없다. 일등시민의 우월감과 정서적인 차별만 견디면 문제될 게 없는 것이다. 하지만 삼등시민은 지위와 자격이 엄격히 제한된다. 일등시민과 이등시민이 다니는 학교, 병원, 식당 등엔 출입할 수 없다. 기업체 직원이나 공무원이 돼도 승진할 수 있는 한계가 정해져 있다. 조선인인데도 유능하고 똑똑해서 프로젝트의 총괄책임자가 되었다는 엄마의 말은 농담이 아니었다. 하지만 엄마는 총괄책임자이면서도 개발 중인 전송기계의 모델명에 이니셜이 들어가지 못했다. TX-7310의 T와 X는 일본인 연구자들이었다. 조선인 대부분은 식민지민으로서의 차별을 당연하게 여기며 살았다. 독립을 주장하는 저항세력들이 적발되거나 체포되었다는 소식을 접해도 다른 나라에서 벌어지는 일처럼 무덤덤했다. 쓸데없는 짓을 한다며 혀를 차기도 했다. 나 역시 그들과 같은 생각을 해왔다.

집으로 돌아와 소설을 읽고 영화를 봤다. 계속 매달렸지만 소설과 영화 1편씩을 읽고 봤을 뿐이다. 재미없는 부분을 설렁설렁 읽거나 대충 넘어갔는데도 그랬다. 단말기를 오래 봤더니 눈이 따끔거려 인공눈물을 넣었다.

돌아눕다 제풀에 놀라 눈을 뜨니 어느새 아르바이트 갈 시간이었다. 깜빡 졸았다고 생각했는데 두 시간이나 흘렀다. 부랴부랴 배낭을 챙겨 집을 나섰다.

우주항공박물관은 오후 10시에 폐관했다. 직원과 관람객이 돌아간 우주항공박물관엔 정적만이 감돌았다. 순찰을 돌고 나서 단말기를 당직실에 두었다. 내 위치를 추적당할 수도 있으니까. 전파교란기를 작동시킨 다음 문 손잡이를 잡고 바짝 마른 입술에 침을 묻혔다. 작동하지 않으면 어쩌나 하는 걱정이 들었다. 사람이 없는 걸 알면서도 머리만 내밀어 바깥을 살폈다. 나는 법을 어긴 적이 없는 모범시민으로 살아왔다. 하지만 이제부턴 불령선인●으로 살아가야 할 것이다.

마음을 굳게 먹었다. 작동이 멈췄다는 걸 알면서도 곳곳에 설치된 감시카메라를 볼 때마다 몸이 오그라들었다. 왼쪽으로 돌자 전송기계 전시실이 나왔다.

● 불온하고 불량한 조선인이라는 뜻. 반체제적이고 반정부적인 사상을 가진 조선인을 이르는 말.

긴장과 두려움, 흥분이 몸을 죄어와 물에 빠진 것처럼 숨쉬기가 거북했다. 주위가 너무 조용해서 격렬하게 뛰는 내 심장 소리가 다 들렸다. TX-7310 뒤편의 덮개를 에어드라이버로 열었다. 연료막대 삽입구 3개가 나왔다. 배낭에서 연료막대를 꺼냈다. 엄마가 다 알아서 준비해두었을 테지만 규격이 다르면 어쩌나 조바심이 일었다. 연료막대는 용도에 따라 15개 사이즈로 구분돼 있었다. 노즐 보호 캡을 제거한 연료막대는 내 소심증을 비웃듯 매끄럽게 들어갔다. 당연한 결과 앞에서 나는 안도의 숨을 내쉬었다. 열어둔 출입문으로 들어가 예비전원 버튼을 눌렀다. 캄캄하던 전송기계 안이 네이비색으로 밝아졌다.

됐다!

불안감이 일시에 걷히며 가슴속에서 성취감이 차올랐다. 그렇지만 아직 갈 길이 멀었다. 엄마가 매뉴얼에 표시해두었던 위치를 떠올리며 회로판이 들어갈 자리를 찾았다. 비슷하게 생긴 회로판이 무수히 많았다. 전송기계는 회로판의 집합체라고 해도 과언이 아니었다. 조금 헤맨 끝에 2개 다 제자리를 찾았다.

뒷정리를 하고 조종석에 앉았다. 출입문 개폐 버튼을 찾아 눌렀다. 출입문이 닫히지 않았다. 버튼을 거듭 눌러도 작동하지 않았다. 고장났나? 더럭 겁이 났다. 그렇다면 문제가 심각했다. 출입문을 몇 번 밀었다 당겼지만 꿈쩍도 하지 않았다. 짜증도 나고, 겁도 나서 출입문 아래를 발로 슬쩍 찼다. 그러자 기계음이 나며 부드럽게 닫혔다. 어이가 없었다. 발로 차야 문이 닫히는 최첨단기술이 집약된 기계라니.

조종석으로 돌아와 메인전원을 넣었다. 네이비가 스카이블루로 바뀌었다. 디지털계기판과 버튼들이 잠에서 깨어난 생명체처럼 일제히 불을 밝혔다. 중앙의 직사각형 패널이 연월일과 시간, 그리고 장소가 표시되는 화면이었다. 그 밑에 입력 장치가 있었다.

우우웅.

오른쪽 맨 끝에 있는 버튼을 누르자 전송기계가 완전히 깨어났다. 연두색 빛이 들어온 화면에 '입력 대기'라는 메시지가 떴다. 이제 입력만 하면 어디로든 갈 수 있다. 심장박동이 더 빨라졌다.

이렇게 간단한 걸 괜히 떨었잖아.

전송기계가 작동된다는 걸 확인하자 자신감이 생겼다. 시험 삼아 시간과 장소를 입력했다. 일본 연호를 입력하자 서력이 함께 표시되었다.

쇼와 20년(1945년) 7월 30일 오전 2시. 티니언 섬.

그런데 화면에 '입력 에러'와 '실행 불가'라는 메시지가 번갈아 깜박였다. 이럴 리가 없는데……. 장소는 그대로 두고 쇼와 19년으로 바꾸어 입력했다. 마찬가지였다. 이상했다. 아무리 머리를 쥐어짜도 문제점을 찾아낼 수 없었다. 메인전원을 껐다가 다시 부팅시켰지만 마찬가지였다.

혹시……. 번뜩 머리를 스쳐가는 게 있었다. 다른 정보를 입력했다.

쇼와 58년(1983년) 6월 7일 오후 3시. 티니언 섬.

이번에는 설정이 되었다. 다시 쇼와 19년을 입력했지만 역시 거부당했다.

그렇다면…….

시스템이 특정한 시간대의 접근을 막고 있었다. 내가 가야 할 과거로 가지 못하게 막아놓은 것이다.

어쩌지…….

초조한 마음으로 조종실을 둘러보았다. 말 잘 듣는 애완견처럼 고분고분하던 전송기계가 돌연 통제 불능의 맹수처럼 여겨졌다. 반드시 가야 할 시간의 접근이 허용되질 않으니 난감했다. 머잖아 좋은 생각이 떠올랐다. 엄마가 사라지기 며칠 전의 날짜를 입력했다. 이날은 휴일이어서 엄마가 집에 있었다. 엄마를 만난다는 설렘에 손이 떨려 두 번이나 오타를 냈다. 화면에 정상적으로 입력되었다는 결과가 떴다. 불끈 쥔 두 주먹을 허공에 마구 내질렀다.

버튼 하나만 누르면 엄마를 만날 수 있다!

기대와 걱정이 엇갈렸다. 과학자로서의 엄마 능력을 믿지만 이 세상에 완벽한 기계는 없다. 오작동을 일으킬 가능성은 얼마든지 있었다. 마음을 굳게 먹었다. 화면에 뜬 입력 내용을 확인하고 화장실을 다녀왔다. 조종석에 앉자 다시 오줌이 마려웠다. 긴장과 스트레스가 내가 느끼는 이상인가 보다. 화장실에 갔지만 찔끔 두 방울이 나올 뿐이었다.

심호흡을 하고 실행 버튼을 눌렀다.

터널을 지나갈 때처럼 귀가 멍멍해지더니 몸이 붕 뜨는 느낌이었다. 무릎에 올려놓은 배낭을 꼭 안고 눈을 감았다. 온몸에 엄청난 압

력이 가해졌다. 숨쉬기가 힘겨웠다. 입을 벌리고 가쁜 숨을 몰아쉬었다. 고통은 끔찍했다. 예상하거나 각오한다고 고통이 반감되는 건 아니었다. 급류타기 가상체험처럼 뇌수가 쏟아지는 것 같았다. 소리를 내지 않으려고 이를 악물었다. 꼭 감은 눈앞에 여러 가지 기하학적 무늬들이 만들어졌다가 사라졌다. 속이 거북해진다 싶더니 식도를 타고 뭔가가 올라왔다. 의식이 희미한 가운데서도 시큼한 냄새를 맡았다.

한없는 나락으로 떨어지던 몸이 어딘가에 착륙했다. 가위눌린 것처럼 팔을 허우적대다 눈을 떴다. 나무와 화초가 눈에 익었다. 우리 집, 예전에 엄마와 살던 집 정원이었다.

성공이다!

설렘과 흥분으로 고통이 한순간에 사라졌다. 입가와 윗옷 앞자락이 음식물 찌꺼기로 더러웠다. 소화되다 만 토사물을 대충 털어냈다. 위액이 묻어 미끈거리는 손은 바지에 문질렀다. 몸 여기저기를 만져보았다. 특별한 이상은 없었다. 아는 장소여서 굳이 도착 위치를 표시하지 않았다. 현관문 잠금장치를 DNA인식으로 열었다.

"엄마!"

현관에 서서 외쳤다. 운동화 벗는 시간도 아까웠다.

"류타니?"

서재에서 엄마의 목소리가 들려왔다.

"어서 나와보세요."

"왔니? 엄마가 부탁한 건 사 왔어?"

"급해요, 빨리요!"

엄마가 거실로 나왔다. 집에서 입는 간편한 옷에 단말기를 들고 있었다. 꿈에도 그리던 엄마가 눈앞에 있었다. 가슴이 먹먹했다.

"너……?"

엄마가 커진 눈으로 나를 아래위로 훑었다.

"옷이 왜 이래? 너, 류타 맞니……?"

엄마는 아침에 본 나와 지금의 나를 일치시키지 못해 몹시 곤혹스런 표정이었다. 도서관에 갈 때 입었던 옷이 아니었다. 아침에는 엄마와 비슷했던 키가 지금은 엄마가 나를 올려다보아야 할 만큼 컸다. 변성기를 거쳐 목소리도 달라졌다. 엄마가 믿기지 않는 듯 나를 요모조모 뜯어보았다. 내 몸을 돌려세워 보기까지 했다.

"그렇다면……."

"그래요, 엄마가 묻어둔 타임캡슐을 찾았어요."

급한 마음에 엄마의 말을 잘랐다.

"타임캡슐?"

엄마가 혼란스러운 얼굴로 물었다.

"엄마가 지금 이모와 사는 집 뒤뜰 삼나무 옆에 묻어뒀잖아요."

"그래?"

엄마는 여전히 모르는 눈치였다.

"예."

나는 고개를 크게 끄덕였다. 뭔가 이상했지만 그걸 따지고 있을 때가 아니었다.

"그럼 한 가지만 물어볼게. 네 열한 번째 생일날에 엄마가 준 선물이 뭐였니?"

"만년필이잖아요."

"류타! 우리 아들 류타가 맞구나. 한번 안아 보자."

순식간에 표정이 바뀐 엄마가 두 팔을 활짝 벌렸다. 나는 몸을 던지듯 엄마에게 안겼다. 아, 엄마 냄새! 나를 꼭 안은 엄마가 물었다.

"전송기계로 온 거구나. 몸은 괜찮아? 전송될 때 부작용은 없었니?"

"예, 그런 것보다……."

"나가자. 류타가 도서관에서 돌아올 시간이야."

갑자기 포옹을 푼 엄마가 내 손을 잡아끌었다.

아차, 미처 거기까진 생각하지 못했다.

운동화를 신은 엄마가 앞장섰다. 입을 꾹 다문 엄마는 차분한 얼굴이었다. 눈에 경계의 빛도 없고, 서두르는 기색도 없었다. 평소보다 걸음만 좀 빠를 뿐이었다.

이윽고 이면도로에 있는 우동집 앞에서 멈췄다. 엄마와 함께 몇 번 온 적이 있는 곳이다. 저녁부터 새벽까지만 장사를 해서 아직 문을 열지 않았다. 엄마가 나를 건물 처마 밑으로 이끌더니 세게 안았다. 영원히 그 자세로 있을 것 같던 엄마가 나를 떼어놓았다.

"이제 헤어져야 할 시간이구나."

엄마가 나직하지만 분명하게 말했다.

"저랑 같이 가요. 저랑 가면 안전할 거예요."

나는 절박하게 말했다. 엄마의 행방을 찾지 못하면 실종 처리가 되면서 자연스럽게 영구 미제 사건이 될 거였다.

"너에겐 미안하지만 그럴 수가 없단다."

엄마가 내 볼을 어루만지며 말했다.

"내가 너와 함께 가면 내 한몸은 지키겠지만 역사의 인과율에 무슨 영향을 줄지 몰라. 엄마는 여기에 있어야 돼."

"그렇지만……."

엄마를 설득할 말이 떠오르지 않았다. 엄마는 슬픈 눈으로 나를 보았다. 그 눈을 본 순간 깨달았다. 절대로 엄마의 마음을 되돌릴 수 없다는 걸.

"전송기계가 제대로 작동해서 다행이다. 타임캡슐을 묻었다는 건 어떻게 알았니?"

"축구를 하고 났더니 단말기에 메모가 붙어 있었어요."

"축구를 언제, 어디서 했는지 말해줄래?"

"2056년 10월 7일, 부립스포츠센터에서요."

"집은 그대로니?"

"아니요, 이사했어요."

"어디로?"

주소를 알려주었다. 엄마는 가만히 듣고만 있었다. 확인하기 위해 다시 물을 법도 한데, 되묻지 않았다. 엄마가 천재 소리를 듣는 과학자라는 건 이럴 때 실감났다.

"사실은 자료와 물건들을 너에게 어떻게 전달할지 고민 중이었어. 이제 해결됐다. 타임캡슐에 든 것들은 다 확인했지?"

나는 고개를 끄덕였다.

"위험한 일인데 너한테 맡기려니 걱정되는구나. 할 수 있겠니?"

나는 고개를 강하게 끄덕였다.

"그래, 류타, 잘 자라줘서 고맙다. 전송기계 연료가 모자랄지도 모르는데……. 최선을 다했지만 그것밖에 확보하지 못했어. 바꿔야 할 과거로는 가봤니?"

엄마의 말에 비로소 여기로 온 이유가 생각났다.

"안 그래도 그것 때문에 왔어요."

"뭐가 잘못됐니?"

"예, TX-7310으로는 엄마가 말한 과거로 갈 수가 없어요. 쇼와 19년이나 20년은 입력이 되질 않아요. 누군가가 막아 둔 거 같아요."

"그랬구나."

엄마가 고개를 끄덕이다가 다시 물었다.

"TX-7310은 지금 어디 있니?"

"이모가 근무하는 우주항공박물관에요."

"우주항공박물관?"

엄마가 의외라는 듯 물었다.

"엄마가 사라지고 전송기계 연구가 중단됐거든요."

"왜?"

"큰 폭발 사고가 났거든요."

"그랬구나. 참, 하루카는 잘 있니?"

"예, 지금 2박 3일로 가상공간 여행 갔어요."

"그게 언제부터 언제까지니?"

"10월 7일부터 9일까지요."

"네 신상에 관한 것도 좀 말해보렴."

무슨 말부터 꺼내야 할지 몰라 머뭇거리다가 아르바이트 얘기부터 시작해서 생각나는 것들을 쏟아냈다.

"알았어, 돌아가거든 SP-3050 모델을 이용하렴. 핵심부품만 바꿔 장착하면 될 거야. SP-3050이 작동하도록 손을 써 놓으마. 연구소에 나를 믿고 따르는 조선인들이 몇 있거든. 그들도 엄마 때문에 자유롭진 않지만 그 정돈 할 수 있을 거야."

엄마가 다시 나를 껴안았다.

"너만 믿는다. 그리고 다신 엄마를 찾아오면 안 된다. 네가 엄마를 찾아와서 과거의 일이 꼬이면 미래에 어떤 영향을 줄지 몰라. 무슨 일이 있어도 찾아오면 안 돼, 알았지?"

나는 엄마에게 안긴 채 고개를 끄덕였다.

"그래, 류타, 미안하구나. 이것만 기억해라. 네 눈에 보이든 안 보이든 엄만 항상 네 곁에 있을 거란다."

엄마가 내 허리에 두른 팔에 힘을 주었다. 나는 엄마에게 몸을 맡겨두고 가만히 있었다.

"이제 그만 가거라."

엄마가 손을 풀었다. 콧날이 시큰해지며 눈가가 매웠다.

"어서."

엄마가 지금까지와는 달리 엄한 말투로 내 어깨를 밀었다. 하지만 나는 상체만 조금 밀렸을 뿐 두 다리는 땅바닥에 고정돼 있었다. 안 되겠다 싶은지 엄마가 먼저 움직였다. 병원 건물 모퉁이에 잠깐 멈춰 서서 어서 가라는 손짓을 한 엄마가 사라졌다. 혹시나 하는 마음에 눈이 아플 때까지 쳐다봤지만 엄마는 나타나지 않았다. 엄마는 말을 번복한 적이 없었다. 오지 않을 줄 알면서 기다린 내가 바보 같았다. 허탈감으로 무력해진 몸을 추슬렀다. 어서 움직여야 한다는 초조감과 이곳에 있어선 안 된다는 위기감이 엄마가 떠난 자리를 차지했다.

집으로 돌아왔다. 현관문을 바라보았다. 그 너머에 엄마가 있었다. 물리적인 거리는 가까웠지만 심리적인 거리는 해왕성보다 멀었다. 엄마를 만난 것만 해도 어딘가. 그렇게 위안을 삼았다. 귀환 버튼을 눌렀다. 몸이 거대한 진공청소기에 빨려드는 느낌에 휩싸였다.

5

조종석에 앉아 어지럼증이 가라앉기를 기다렸다. 누군가에게 몹시 맞은 것처럼 온몸이 아팠다. 숨쉬기가 곤란했다. 나중엔 어떻게 될지 몰라도 당장 드러나는 후유증은 없었다. 병원 건물 모퉁이를 돌아가던 엄마 모습이 자꾸 어른거려 눈물이 났다.

"강해져야 해."

눈물을 훔치며 중얼거렸다. 이깟 일로 감정을 소모할 때가 아니었다. 엄마를 다시 만나는 방법은 하나였다.

일본이 바꾼 역사를 바로잡아야 한다.

만약 내가 바꾼 사건들이 도미노처럼 연쇄반응을 일으켜 조선이 해방된다면 엄마가 잠적하지도, 엄마가 타임캡슐을 묻을 일도 없을 것이다. 엄마와 나는 지금, 이곳에서 행복하게 살고 있을 것이다.

배낭에서 만년필을 꺼냈다. 엄마에게 선물받은 뒤로 늘 가지고 다녔다. 생김새도 투박하고 관리도 번거로운 잉크 주입식 만년필은 아날로그 시대의 감수성이 살아 있는 필기구였다. 하지만 실제로는 사용할 일이 거의 없었다. 사인은 손가락 끝의 DNA 정보를 확인하는 절차로 대체되었다. 학교에 가져가면 아이들이 서로 만져보겠다고 난리였다. 만년필이 엄마인 것처럼 가슴에 꼭 품었다.

SP-3050의 내부는 TX-7310과 별반 다르지 않았다. 실내디자인의 구성 감각이 조금 뒤떨어지고 복잡할 뿐이었다. 그래도 전송기계라는 기본 개념은 같아서 화면과 장치들의 위치는 비슷했다. 회로판과 연료막대를 바꿔 장착했다. 전원이 정상적으로 공급되는 걸 확인했다. 한 번 해보아선지 일 처리가 빨랐다.

만년필로 편지를 썼다. 교양학점을 채우기 위해 배운 조선어•가 이렇게 쓰일 줄은 몰랐다. 조선어는 이제 언어학자들의 연구대상일 뿐 일상생활에선 사용되지 않았다. 애매하거나 모르는 단어는 통번역기로 찾았다.

자판을 쳤다. 화면에 시간과 장소가 나타났다.

'실행하시겠습니까?'라는 문장이 떴다. 엄마가 제대로 손을 써 두었다. 날짜와 시간은 임의로 정했다. 엄마가 말하지 않은 건 내 판단에 따랐다. 이제 실행 버튼만 누르면 된다. 그런데 갑자기 눈앞이 하얘졌다. 관자놀이를 짚으며 현기증이 가시길 기다리다 퍼뜩 깨달았다. 엄마가 왜 부립스포츠센터에서 메모를 붙여두었는지, 어째서

• 가키쓰 3년(1443년)에 이씨 조선의 4대 임금 세종이 집현전 학자들에게 명하여 만든 '한글'을 말한다. 반도어라고도 한다. 양반이나 서민, 모두에게 지지를 받지 못해 겨우 명맥을 유지하다가 일한합방이 되고 일본어를 사용하면서 사어(死語)가 되었다.

지금 사는 집 삼나무 옆에 타임캡슐을 묻었는지 등등. 엄마는 좀 전에 과거로 가서 내가 해준 말을 참고한 것이다. TX-7310을 쇼와 20년으로 가지 못하게 해둔 것도 엄마였다. 그러면 내가 다른 방법을 물으러 엄마를 찾아갈 것이고, 나를 통해 미래에서 벌어질 일을 자연스럽게 확인할 수 있었던 것이다. 역시 엄마는 천재다.

힘들면 쉬라고 했지만 그럴 수 없었다. 실행 버튼을 눌렀다.

쇼와 20년(1945년) 7월 28일 오후 2시. 티니언 섬

울창한 활엽수림이 하늘을 가려 어두웠다. 어디가 어딘지 분간이 되지 않았다. 어디선가 날카로운 동물 소리가 들려왔다. 새인지 원숭이인지 알 수 없었다. 도착한 곳에 표시를 했다. 만약을 대비해 주위의 풍경도 눈여겨봐 두었다. 몇 미터 떨어진 곳에 큰 나무가 있었다. 세월을 견디지 못하고 껍데기가 떨어져 나가 드러난 속살이 비바람에 시달려 딱딱하게 변했다. 둥치 한 곳이 움푹 들어가 있었다. 내가 들어가고도 남을 크기였다. 입구에 쳐진 거미줄에 껍질만 남은 벌레 세 마리가 붙어 바람에 흔들렸다.

흙을 모아 야광막대를 꽂았다. 그 옆에 비닐봉지에 든 쪽지를 두고 돌을 얹었다. 야광막대는 비를 맞아도 끄떡없었다. 밤이 되면 더 잘 보일 거였다.

조선인이면 7월 30일 오후 2시, 이곳에서 기다리겠습니다. 꼭 만나고 싶습니다.

쪽지를 반도 출신의 일본군이 발견하길 바랄 뿐이었다. 하지만 조선인 눈에 띄었더라도 자신들을 유인하기 위한 미군의 계략이라고 생각한다면? 어쩔 수 없다. 운에 맡기는 수밖에.

내가 알아본 바에 따르면 쇼와 19년(1944년) 7월 말, 미군이 티니언 섬에 상륙할 때 맹렬히 저항하던 많은 일본군이 전사하거나 절벽에서 뛰어내려 옥쇄*했다. 살아남은 일본군들은 후일을 도모하며 해안 절벽에 있는 동굴에 숨었다. 조선인을 찾아다니는 건 불가능했다. 밀림에 몸을 숨긴 미군 저격병들의 총구가 곳곳에서 일본군을 노리고 있었다. 이런 상황에서 내가 선택할 수 있는 방법은 단 하나, 나를 찾아오게 만드는 것뿐이었다.

현재로 돌아왔다. 전송기계를 이틀 뒤로 설정했다. 머리가 아프고 구토 증세도 심했다. 몸도 나른하고 무기력했다. 휴식을 취하고 싶었으나 마음이 급했다.

쇼와 20년(1945년) 7월 30일 오후 2시. 티니언 섬

도착한 자리에 표시하고 조금 전, 아니 이틀 전에 봤던 큰 나무를 찾았다. 그런데 주변의 나뭇가지가 부러지거나 꺾이고, 나뭇잎은 찢겨져 있었다. 줄기에 구멍이 수십 개 나 있기도 했다. 발밑에서 뭔가가 밟혔다. 금색으로 빛나는 탄피였다. 한두 개가 아니었다. 화약 냄새도 났다. 얼마 전에 전투가 있었다는 증거였다.

일본어를 사용하지 않는 미군이나 이곳 원주민을 만날 수도 있었

* 대일본제국과 천황폐하를 위해 옥처럼 아름답게 부서진다는 뜻. 대의나 충절을 위하여 명예롭게 죽는 것을 비유적으로 이르는 말이다. 적군에게 포로가 되는 걸 치욕이라 여겨 자살하는 것도 옥쇄라 하였다.

다. 통번역기를 켰다. 일본어와 상대방 언어를 쌍방향으로 통역해 줄 뿐 아니라 문장도 쌍방향 번역이 가능했다. 현재 사용되는 언어와 문자는 물론 소멸된 언어와 문자까지 인식해 외국어를 익히느라 노력과 비용을 낭비할 필요가 없었다. 기계음 특유의 딱딱한 음성도 개선되고 입 모양과의 싱크로율도 좋았다.

"꼼짝 마!"

뒤에서 한껏 낮춘 목소리가 들려왔다. 통번역기를 내려놓은 나는 시키지도 않았는데 손을 들었다. 전쟁영화를 너무 많이 본 탓이다. 위협적인 말투인데도 일본어여서 일단 반가웠다. 일본군이라면 길을 잃은 것쯤으로 둘러댈 수 있을 테니까. 숲의 한 부분이 움직인다 싶었는데 불쑥 나타난 일본군들이 나를 빙 둘러쌌다. 완벽한 위장술이었다. 바로 코앞에 있었는데도 알아보지 못했다. 철모나 군모를 쓴 일본군들은 군복이 더러운 데다 시큼한 냄새까지 풍겼다. 얼굴엔 기름과 땟물이 번들거리고 수염도 제멋대로 자랐지만 눈빛은 형형했다.

"뒤져봐."

소총을 나에게 겨눈 병사가 다른 병사에게 명령했다. 나는 귀가 번쩍 뜨였다. 분명히 조선어였다. 한 병사가 내 배낭을 낚아챘다. 손을 내려 어깨끈이 벗겨지기 쉽게 도왔다. 내가 움직이자 한 병사가 소총을 나에게 바투 겨누었다. 여러 가지 물건 중에 전기충격기도 있었지만 병사는 이리저리 살펴보더니 내려놓았다. 통번역기도 무기가 아니라고 판단했는지 크게 신경 쓰지 않았다.

"무기는 없는데."

내 몸까지 샅샅이 더듬은 병사가 물러났다. 역시 조선어였다.

"일본인 같은데, 왜 여기서 서성이는 거지?"

명령했던 병사가 일본어로 물었다. 조금 전보다 훨씬 누그러진 목소리였다. 나를 일본인으로 여기고 있었다. 내게 겨눴던 소총도 거두었다.

"혹시 여기 있던 쪽지 보셨나요?"

나는 대답 대신 물었다.

"쪽지를 남긴 게 너란 말이냐?"

내가 조선말을 하자 명령했던 병사의 눈이 커졌다.

"예, 저도 조선인이에요. 모두 조선인이세요? "

병사들을 둘러보았다. 병사들의 얼굴에 반가운 기색이 실렸다. 일이 잘 풀릴 것 같은 예감이 들었다.

"그렇단다. 네 쪽지 때문에 미군과 일본군 사이에 한바탕 교전이 있었다. 불빛을 보고 온 미군수색대를 매복해 있던 일본군들이 공격한 거지. 서로 많은 사상자를 내고 물러갔다. 보아하니 군인은 아닌 것 같은데 민간인이 어떻게 여길……?"

명령했던 병사가 말끝을 흐렸다. 이해시키려면 온종일 설명해도 모자랐다. 이럴 땐 직접 확인시키는 게 최선의 방법이다. 배낭에서 쏟아진 물건들 중에서 책을 집어 들었다. 역사학자 시마타니 야소야가 지은 『대동아전쟁의 기록』의 한 부분을 펼쳐 명령했던 병사에게 내밀었다. 혹시 필요할지 몰라 챙겨온 거였다.

"읽어보시죠."

명령했던 병사가 총을 어깨에 걸고 책을 받았다.

이마이 다카시 소좌와 그가 이끄는 대원들은 미군비행장 안까지 이어진 땅굴에 숨어 대기하고 있었다. 대원들은 개인 화기 외에도 37밀리 대전차총과 박격포, 미군에게서 노획한 로켓포 등으로 무장하고 있었다. 그들은 쇼와 20년(1945년) 8월 6일, 오전 2시 45분에 이륙하는 B-29를 파괴하라는 명령을 받았다.

7월은 우기(雨期)여서 땅굴을 파는 데 애를 먹었다. 하지만 일본군은 연장을 쓸 수 있는 모든 병력을 동원해 비행장 바깥의 사탕수수밭에서 비행장 안까지 수백 미터의 땅굴을 파는 데 성공했다. 미군은 방심했다. 연장도 변변치 않은 일본군들이 우기에, 그것도 열흘 남짓한 짧은 기간에, 그렇게 긴 땅굴을 파리라곤 짐작도 못했던 것이다.

얼굴에 위장색을 칠한 대원들의 얼굴엔 비장감이 흘렀다. 출발 전에 전원이 유서와 머리카락, 손톱을 잘라 봉투에 넣고 옥쇄를 맹세했다. 개중에 여섯 명은 각각 20킬로그램의 폭약이 담긴 배낭을 메고 있었다. B-29에 자살공격을 감행할 계획이었다. 이러한 사실을 까마득히 모르는 미군들은 일본군의 습격에 대비해 삼엄한 경계를 펼쳤다. 탐조등에서 뻗어나간 빛줄기들이 철조망 너머의 어둠을 핥고 지나갔다. 대원들은 8시간 동안이나 움직이지 않아 다리에 감각이 없었지만 오로지 정신력으로 버텼다. 누군가의 섣부른 행동이 작전을 망칠 수도 있었다. 그들은 숨소리조차 내지 못했다.

대원들은 이마이 소좌의 명령이 떨어지기만을 기다렸다. 지난해 7월 24일 미군이 상륙할 때, 이마이 소좌와 대원들은 치욕스럽게 살아남았다. 이제 그 불명예를 씻을 기회였다. 그들은 오가다 대좌가 지휘하는 육군 제50연대의 잔존 병력이었다. 오가다 대좌는 패배를 인정하고 할복 자결했다. 장교들은 대부분 죽거나 부상당했다. 이마이 소좌도 관통상을 입은 왼쪽 팔죽지가 썩어 전투를 수행할 수 없는 상황이었지만 이를 악물고 버텨내었다.

철조망 주변엔 평소보다 많은 중화기가 배치됐을 뿐만 아니라, 기관총이 거치된 감시탑에선 저격병들이 어두운 밀림을 예의 주시했다. 활주로 주변엔 여러 대의 소방차와 앰뷸런스가 대기하고 있었다. 또 한쪽엔 사람들이 삼삼오오 모여 낮은 소리로 대화하거나 초조한 듯 서성였다. 임무수행을 위해 출격하는 동료들을 마중하려고 나온 대원들 같았다. 얼핏 보기엔 평상시와 다를 바 없는 풍경이었다. 여러 사람이 군복을 입지 않은 것만 제외하면.

조종석 옆 창문 아래에 '에놀라 게이'라는 영문을 써넣은 B-29를 배경으로 조종사와 승무원 들이 기념사진을 찍었다. 격추되어 포로가 될 때를 대비해 청산가리 캡슐을 소지한 대원들의 얼굴엔 긴장감과 더불어 야릇한 흥분감이 감돌았다. 대원들은 애써 웃었지만 굳은 표정을 감출 수는 없었다. 대원들이 탑승해 각자의 위치를 찾아갔다. 출발하기 전 기장인 폴 티베츠 대령이 조종석 창문을 열고 손을 흔들었다. 다시 카메라 플래시가 터졌다.

이윽고 출격 명령이 떨어졌다. 시동이 걸리고 굉음을 내며 4개의 프로펠러가 작동했다. 항공유가 연소되면서 배기가스가 사방으로 퍼졌다. 에놀라 게이가 활주로를 향해 서서히 나아가기 시작했다. 길이 3.05미터, 지름 71센티, 무게 4.4톤인 폭탄을 탑재하고 장거리 비행에 필요한 연료를 가득 채운 에놀라 게이는 움직임이 둔했다. 2분 뒤에는 원자폭탄의 위력을 기록하기 위한 과학관측용과 사진촬영용 B-29가 이륙할 예정이었다.

에놀라 게이가 직선 활주로로 접어들었다. 역사적인 순간을 담기 위해 여기저기서 다시 카메라 플래시가 터졌다. 에놀라 게이의 목표는 히로시마였다. '리틀 보이'라고 명명된 우라늄형 원자폭탄은 티니언 섬 시간으로 오전 9시 15분, 히로시마 현지 시간으론 오전 8시 15분에 투하될 예정이었다. 리틀 보이는 비밀리에 미 순양함 인디애나폴리스 호에 실려 티니언 섬으로 운반돼 왔다.

출발선에 선 에놀라 게이가 막 출력을 높이려는 순간이었다. 일본군들이 일사분란하게 땅굴을 빠져나와 산개하면서 공격을 개시했다. 몇 명은 다리가 저려 절룩거리며 총을 쏘아댔다. 순식간에 B-29 주위에 몇 발의 포탄이 떨어졌다. 섬광에 에놀라 게이의 은백색 동체가 잠깐 드러났다. 아랑곳 않고 계속 출력을 높이는 에놀라 게이의 수직 꼬리날개와 동체에 구멍이 뚫렸다. 대전차 무기인 철갑탄이었다. 간간이 일본군들의 공격이 있긴 했지만 이번엔 좀 달랐다. 상당히 조직적이었다. 게다가 울타리 안 깊숙이까지 침투한 건 처음이었다. 우왕좌왕하며 아무 데나 총을 쏘던 미군들은 총을 쏠 때 생기는 섬광으로 일본군의 위치를 파악하고 응사하기 시작했다.

미군 쪽에서 쏜 조명탄 수십 발이 비행장을 대낮같이 밝혔다. 에놀라 게이 뒤에서 출발 대기 중이던 과학관측용 B-29의 4번 엔진이 37밀리 대전차총에 맞아 불이 붙었다.

교전은 그리 오래가지 않았다. 야마다 오장이 발사한 로켓포의 포탄이 에놀라 게이의 연료탱크에 명중한 것이다. 연료가 폭발하며 에놀라 게이가 산산조각 났다. 쏟아져 나온 연료로 활주로는 불바다가 되었다. 날개를 활주로 바닥에 댄 채 불길에 휩싸인 에놀라 게이의 은백색 동체 조각들이 불빛에 번들거렸다. 불길이 다른 B-29로 번져 연쇄폭발을 일으켰다. 그 와중에도 교전은 그치지 않았다.

최후의 순간이 다가오고 있었다. 로켓포에 포탄을 다시 장전한 데라우치 이등병이 야마다 오장의 철모를 두드렸다. 야마다 오장이 방아쇠를 당겼다. 그 순간 하얀 섬광이 섬을 덮치며 거대한 구름기둥이 치솟았다. 어마어마한 충격파와 방사선이 사방으로 퍼져나갔다. 리틀 보이가 폭발한 것이다.

애초에는 리틀 보이의 기폭장치를 히로시마 근처 상공에서 작동시켜 투하하려고 했다. 그런데 무슨 이유에선지 기폭장치를 작동시킨 채 출격하는 것으로 계획이 바뀌었다. 그 계획이 역사를 바꿀 어마어마한 사건으로 이어질지는 아무도 몰랐다.

티니언 섬에 있던 사람들은 대부분 죽었다. 생존자는 원폭 피해를 입었다. 에놀라 게이를 공격한 일본군들도 장렬히 전사했다. 적군과 아군을 가리지 않는 원자폭탄이 터진 직후의 폭심 온도는 수천만 도나 되었다. 바닷물이 끓어올랐다. 섬의 모든 것이 타버렸다. 타지 않은 건 후폭풍에 날아가버렸다. 방사능을 포함한 먼지인 낙진은 생명체에게 치명적인 영향을 미쳤다. 티니언 섬은 순식간에 죽음의 섬으로 변했다.

일본군들은 해안 절벽의 동굴에 숨어 있어 많은 수가 살아남았다. 이마이 소좌는 그와 대원들의 유서를 이들 중 하나에게 맡겨두었다. 이 유서에 담긴 대원들의 역할은 생존 병사들의 증언과 더불어 미군 비행장 공격 당시의 생생한 묘사를 재구성하는 데 큰 도움이 되었다.

이 사건을 계기로 미국 내에서 반전 여론이 급속도로 퍼져나갔다. 전쟁에 적극 찬성하던 정치인들은 물론 애국심에 호소하며 젊은이들을 전쟁터로 내몰던 보수 언론매체들까지 합세하여 종전을 주장하기에 이르렀다.

결국 쇼와 20년(1945년) 9월 2일, 일본과 미국의 대표들은 일본이 제공한 항공모함 호쇼에서 종전 문서에 서명했다. 이때 역사적인 현장이 되었던 호쇼는 종전 뒤, 해외 주둔지에 남아 있던 병력과 군수물자를 내지로 운송하는 임무를 수행했다. 쇼와 22년(1947년)에 퇴역한 호쇼는 요코하마 항구에서 전쟁기념관으로 사용되다가 쇼와 38년(1963년)에 해체되었다. 지금은 호쇼가 있던 자리에 강화플라스틱과 유리로 만들어진 10층짜리 전쟁기념관이 들어섰다. 이

건물을 지을 땐 무기의 재료가 되는 금속을 전혀 사용하지 않았다. 평화를 기원하는 뜻에서였다.

"이게 뭐니? 소설이니?"

명령했던 병사가 표지에 쓰인 제목을 보며 물었다.

"아니에요, 실제로 일어난 사건을 기록한 역사책이에요."

"어떻게 미래의 일을 미리 안단 말이냐."

"믿으셔야 해요. 미래의 조선은 여전히 일본의 식민지예요. 조선이 일본의 식민지에서 벗어나도록 만들기 위해 제가 온 거예요."

"이런 일이 정말 여기서 벌어진단 말이냐?"

명령했던 병사는 여전히 믿지 못하는 얼굴이었다.

"예, 며칠 뒤에요."

나는 담담하게 말했다. 머릿속으론 어떻게 해야 믿음을 줄 수 있을까 생각하며. 나도 보여줘, 하며 책을 빼앗아간 다른 병사도 책을 읽을수록 입이 점점 벌어졌다.

"뭔데 그래?"

밀림을 향해 경계를 서던 병사 중 하나가 고개를 돌리지 않고 물었다. 대답이 없자 다시 물었다.

"답답해 죽겠네. 뭔데 그러냐니까?"

책을 든 병사는 거의 얼이 빠진 표정으로 움직임이 없었다. 나는 병사의 손에서 조심스럽게 책을 빼내 재촉하는 병사에게 건네주었다.

"난 까막눈인데……."

재촉하던 병사가 멋쩍게 웃었다.

"까막눈이 뭐죠?"

까막눈은 통역이 되지 않았다.

"글자를 모른다는 뜻이다. 형님, 원자폭탄이라는 신형 폭탄이 터져 이 섬에 있는 사람들이 다 죽는답니다."

명령했던 병사가 나와 재촉하던 병사를 번갈아 보았다.

"뭐?"

재촉하던 병사도 놀란 얼굴이 되었다. 얼굴에 주름도 많고, 정수리의 머리도 많이 빠진 병사였다. 누런 이를 내놓고 웃는 순박한 모습은 소총이 아니라 농기구를 들고 있어야 제격이었다. 내 몸을 수색했던 병사가 땅바닥에 흩어진 물건들을 배낭에 주워 담아 나에게 건넸다. 겸연쩍게 웃으며 입속말로 뭐라고 웅얼거렸다. 아마 미안하다고 하는 것 같았다. 나는 괜찮다는 뜻으로 웃어주었다.

"원자폭탄이라는 무기가 그렇게 대단한 거니?"

명령했던 병사가 물었다.

"예, 책에 나와 있는 그대로예요."

"너무 허황해서 믿을 수가 없구나."

"그래도 믿으셔야 해요. 책이 언제 발행됐는지 보세요."

"처음 보는 연호구나. 이게 언제니?"

명령했던 병사가 판권란에서 발행연호를 확인하고 물었다. 이 시대엔 쇼와 연호를 쓰니까 처음 보는 게 당연했다.

"서력으로 2024년이에요."

"어떻게 그럴 수 있지?"

나는 전송기계로 여기에 오게 된 경위를 간추려서 들려주었다.

"책에 쓰인 내용이나 네 말만으론 우리가 위험을 감수할 수 없구나. 네 말을 증명할 게 없겠니?"

명령했던 병사가 내 말을 듣고 나서 물었다.

"……."

뭘 보여주어야 믿을까. 머릿속으로 소지품을 하나씩 떠올리는 중에 갑자기 비가 내리기 시작했다. 안 그래도 어두운 숲이 더 어두워졌다. 천둥을 동반한 비가 사납게 몰아치며 시야를 가렸다. 열대지방에 내린다는 스콜이었다. 물을 퍼서 그대로 머리 위에 붓는 것처럼 기세가 대단했다. 배낭으로 머리를 가리고 큰 나무 밑으로 피했다. 잠깐 사이에 옷이 홀딱 젖었다. 아, 우산!

"증명할 수 있어요."

우산을 꺼내 작동시켰다. 병사들이 놀란 표정을 지었다. 비가 나만 피해가니 놀랄 수밖에. 예전의 우산처럼 손잡이나 우산살이 있는 게 아니었다. 목걸이처럼 생긴 줄을 목에 걸면 지름 1미터 30센티의 투명한 원이 머리 위에 만들어졌다. 전하가 흐르지 않고 한곳에 머물러 있는 정전기 원리를 이용한 거였다.

"이게…… 뭐니? 마술 같은 거니?"

"아니에요, 과학의 원리를 이용한 거예요."

재촉하던 병사가 손으로 내 머리 위를 휘저었다. 손이 정전기 막을 뚫고 들어가자 재빨리 손을 거둬들였다. 병사들이 너도나도 재촉하던 병사를 따라 했다. 내 몸을 수색했던 병사가 자기 손을 보며 도저히 이해할 수 없다는 듯 나직한 탄성을 내뱉었다. 어떤 식으로든 미래의 흔적을 남겨선 안 된다는 것쯤은 알지만 어쩔 수 없었다.

때론 안 되는 걸 알면서도 해야 하는 경우가 있다. 지금이 바로 그런 때다. 믿게 하려면 다른 방도가 없었다.

"이 정도면 됐나요?"

명령했던 병사가 뭔가에 홀린 표정으로 고개를 끄덕였다. 그러자 내 머리만 바라보던 다른 병사들도 덩달아 고개를 끄덕였다.

"우리가 어떻게 하면 되겠니?"

명령했던 병사가 물었다.

"여러분이 미군비행장을 공격하는 일본군들을 막아주시면 돼요."

나는 병사들을 둘러보며 일일이 눈을 맞추었다.

"우린 미군 상륙 때 부대를 이탈해 밀림 속에서 살아왔다. 보다시피 무장도 형편없지. 소총과 수류탄 몇 발이 고작이다. 이런 보잘것없는 화력으로 대적했다간 개죽음당하기 십상이다."

군데군데 통역이 되지 않는 낯선 단어가 섞여 있긴 했지만 전체적인 맥락은 이해되었다.

"일본군과 전투를 벌이지 않는 방법도 있어요. 에놀라 게이가 출발하기 전에 총을 쏘든, 쪽지를 전달하든 미군에게 일본군이 공격한다는 것만 알리면 되니까요. 에놀라 게이를 이륙시키는 게 목적이에요. 여러분을 위험에 빠뜨리게 하고 싶진 않지만 사정이 그렇게 됐어요. 죄송해요."

"죄송할 건 없다만 문제로구나. 원자폭탄이 여기서 터지면 우리는 물론이고 조선인을 포함해 많은 사람들이 죽고, 히로시마에 떨어지면 일본이 패전해 조선이 독립할 수도 있단 말이지……."

"저도 그게 걱정이었어요. 그러나 죄책감을 가질 필요는 없을 거

같아요. 에놀라 게이가 히로시마에 원자폭탄을 투하하는 게 원래 역사였어요. 그런데 일본이 전송기계를 써서 원자폭탄이 이곳에서 폭발하도록 바꾼 거예요. 그러니까 우리는 조작된 역사를 바로잡는 것뿐이에요."

나는 머릿속에 정리해둔 말을 단숨에 쏟아냈다. 명령했던 병사가 고개를 끄덕였다. 히로시마에도 조선인이 있었다. 아무리 정당한 행위라 해도 수많은 사람이 죽는다는 도덕적 딜레마에 고민이 많았다. 하지만 보안국이 바꾼 역사를 바로잡는다는 생각으로 마음을 다잡았다.

"이곳에 조선인이 많나요?"

티니언 섬은 조선에서 아주 먼 곳이었다.

"그래, 모두 수용소에서 생활하고 있단다. 다들 징병이나 징용, 학도병으로 끌려온 사람들이지. 미군이 이 섬을 점령하면서 수용소에 가뒀단다. 미군들에겐 일본인일 뿐이니까. 모든 생활물자가 부족하긴 하지만, 그래도 일본인 밑에 있을 때보단 훨씬 낫단다. 우리도 포로가 된 조선인들에게 미군의 눈을 피해 식량이나 의약품을 얻어오곤 하지."

조선인들이 강제로 끌려왔다고?

역사 시간에 배웠던 것과 전혀 달랐다. 조선인들은 영미귀축●을 몰아내고 대동아공영권을 건설하기 위한 성스러운 전쟁에 기쁜 마음으로 자원했다고 들었던 것이다. 교과서에 수록된 자료 사진엔

● 연합국인 영국과 미국을 비인간적이고 잔인한 짓을 일삼는 귀신과 짐승에 비유한 표현.

조선인들이 지원서를 작성하려고 길게 줄을 서 있었다.

"그런데 여러분들은 왜 미군에게 투항하지 않았어요?"

"간단히 얘기하자면 이렇다. 미군이 상륙할 때, 저 형님이 혼란한 틈을 타 조선인들에게 못되게 굴던 일본인 분대장을 쏴 죽였는데, 그만 그 장면을 다른 일본인 병사가 본 거야. 그래서 그 길로 도망쳐 나왔단다. 미군에게 투항하면 포로수용소에 가게 될 텐데, 그러면 일본군에게 보복을 당할 게 아니겠니. 미군에게 사정을 설명해도 이해해줄 것 같지 않고."

"그랬군요."

나는 고개를 끄덕였다. 재촉하던 병사는 그때 생각을 하는지 얼굴이 어두웠다. 개미 한 마리 죽이지 못할 것 같은 사람이 살인을 했다니 믿기지 않았다. 일본인 분대장이 얼마나 조선인을 못살게 굴었는지 짐작되고도 남았다.

밀림 속에서 생활하자면 부족한 게 한두 가지가 아닐 것이다. 의식주를 해결하는 것도 그렇지만, 조선인은 미군에겐 일본군이고, 일본군에겐 상관을 죽인 조선인이었다. 아무도 자기편이 되어줄 수 없는 상황. 조선인들로서는 미군과 일본군으로부터 도망치는 것 외엔 선택의 여지가 없었다. 이것이 식민지민들의 슬픈 현실이었다.

"결정하기 어려우시겠지만, 중요한 건 원자폭탄이 히로시마에 떨어져야 한다는 거예요."

나는 얘기를 원점으로 되돌렸다.

"히로시마, 히로시마라……."

명령했던 병사가 생각에 빠졌다. 잠시 뒤에 잠깐만, 하더니 다른 병사들을 데리고 나무 밑으로 갔다. 머리를 맞댄 병사들은 말을 주고받기도 하고, 고개를 끄덕이기도 했다. 가끔씩 나를 돌아보기도 했다. 어느새 스콜이 그쳤다. 우산을 접었다.

명령했던 병사가 돌아왔다. 나머지 병사들은 다시 경계태세로 돌아갔다. 병사들은 홀딱 젖었는데도 별로 개의치 않았다.

"다른 방법이 없구나. 이렇게 하기로 했다. 우선, 저 형님이 미군에게 투항한 다음, 이 사실을 알려주고 신변 보호를 요청하기로 했다. 다른 방법도 논의해봤는데 직접 가서 전달하는 게 가장 좋을 것 같구나. 믿고 안 믿고는 미군에게 달린 거지만 말이다. 우리는 여기 남아서 에놀라 게이를 공격하는 일본군들을 저지하기로 했다."

투항하기로 한 사람은 내 몸을 수색했던 병사였다. 그에게 고개를 숙여 고마움을 나타냈다. 그가 쑥스러운 듯 씩 웃었다.

"절 믿어주셔서 고맙습니다. 비행장이 여기서 먼가요?"

"10리 정도?"

"10……리요?"

거리를 나타내는 단위라는 건 알겠는데, 처음 들어보는 말이었다.

"미래에선 리 단위를 쓰지 않는 모양이구나. 대략 4킬로미터 정도 된다."

명령했던 병사가 미군비행장이 있는 방향을 가리켰다. 이국의 키 큰 나무들이 내 시야를 막고 있었다.

"그럼 전 에놀라 게이가 출발하기 전인 8월 6일, 오전 12시 30분에 여기로 다시 오겠어요."

"우린 그때까지 준비를 하고 있으마. 네가 있던 곳으로 어떻게 돌아갈 거니?"

"그건 말씀드릴 수가 없어요."

"그럼 그때 보자꾸나."

명령했던 병사가 이해한다는 듯 고개를 끄덕였다.

"다시 뵐 때까지 무사하세요."

나는 병사들에게 일일이 고개를 숙였다. 그리고 다른 방향으로 가는 척하면서 큰 나무 뒤에 몸을 숨기고 병사들을 살폈다. 병사들은 밀림 속으로 재빠르게 숨어들었다.

큰 나무의 움푹 들어간 곳에 들어가 병사들이 충분히 멀어지기를 기다렸다. 이파리에 맺혔던 빗물이 떨어졌다. 손바닥으로 빗물을 받았다. 이런 장난을 해보기도 참 오랜만이다. 혀를 내밀어 빗물을 받아 마셨다. 화학약품으로 처리한 물과는 맛이 달랐다. 물이 달다는 건 이럴 때 쓰는 표현이었다. 입가를 훔치다 한곳에 눈길을 주었다. 밀림 속에서 미세한 움직임이 있었다. 심장이 얼어붙는 것 같았다.

일본군!

나는 몸을 움츠리며 뒷걸음질쳤다. 등에 딱딱한 나무가 닿았다. 모두 여덟 명이었다. 군도를 찬 장교는 권총을 들었다. 눈매가 매섭고 차가운 인상을 풍기는 사람이었다. 동그란 테를 썼는데, 안경알이 지저분한 것까지 똑똑히 보일 만큼 가까운 거리였다. 군모 뒤에 햇볕을 막기 위해 천을 늘어뜨리고 있었다.

나는 숨을 참았다. 그러다가 키가 유독 작은 병사와 눈이 딱 마주쳤다. 하지만 그 병사는 이내 다른 곳으로 고개를 돌렸다. 몇 초가 몇 시간처럼 느껴졌다. 내가 어두운 곳에 있어 보지 못한 것이다. 방금 내린 비에 군복이 젖은 그들은 큰 나무 양쪽으로 네 명씩 나뉘어 갔다. 곧이어 큰 나무 뒤쪽에서 목소리가 들려왔다.

"소위님, 여기 발자국이 있습니다."

"미군인가?"

"아닙니다, 일본 병사의 발자국입니다. 대여섯 명쯤 되는 것 같습니다."

"그놈들이군. 이번엔 꼭 없애야 한다. 야마시타 상등병! 네가 선두에 서라."

"옛!"

우연히 이쪽으로 길을 잡은 게 아니었다. 조선인 병사들은 이들이 쫓는 걸 모르고 있다. 그대로 두면 공격당하는 건 시간문제였다.

큰 나무에서 나오다 휘청했다. 극도의 긴장감 속에서 몸을 움츠리고 있었더니 근육이 굳은 거였다. 일본군들이 밀림 속으로 사라졌다. 어떻게 하지? 안절부절못하던 나는 곧 결심했다. 크게 들이쉰 숨을 내뱉으며 냅다 소리쳤다.

"이 나쁜 놈들아!"

그런데 전혀 짐작하지 못한 사태가 벌어졌다. 외치자마자 밀림 속에서 일본군들이 나타났던 것이다. 되돌아오는 시간 동안 귀환하려고 했는데 낭패였다.

"저기다!"

소위와 일본군들이 나를 향해 총을 쏘았다. 내 주위에 총알이 후드득 박혔다. 소름 끼치는 소리를 내며 나를 스쳐가기도 했다. 너무 놀라 손으로 머리를 감싸려다 귀환장치를 놓쳤다. 머리를 축축한 땅바닥에 처박았다. 진흙이 얼굴에 묻고 빗물이 옷 속으로 스며들었다. 소리라도 지르면 무서움이 덜하겠지만 목구멍이 막혀 꺽꺽 소리만 났다.

그리 심한 욕설도 아닌데 총질까지 하다니. 이건 아니잖아!

나는 속으로 소리쳤다. 내 항의가 먹혀들었는지 총소리가 멈추었다. 얼굴을 살짝 들었다. 귀환장치가 멀지 않은 곳에 있었다. 그 너머로 얼굴을 일그러뜨린 소위가 무서운 속도로 달려왔다. 머리 위로 치켜든 군도에 살의가 잔뜩 담겨 있었다. 기합도 없이 달려오는 모습은 마치 사무라이가 주인공인 흑백 무성영화의 한 장면 같았다. 엎드린 자세로 손을 뻗었다. 손가락 끝에 간신히 만져지던 귀환장치가 밀려났다. 나는 배를 밀어 조금 전진했다. 진흙이 묻은 귀환장치가 손에 잡혔다.

"이얍!"

소위가 몇 미터 앞에서 땅을 박차고 날아올랐다. 군모가 벗겨져 짧은 머리가 드러났다.

"엄마야!"

나도 모르게 비명이 새어 나왔다. 군도가 허공을 내리긋는 순간 귀환장치를 작동시켰다. 감당하기 벅찬 고통이 엄습했다.

6

눈을 떴다. 전송기계 안이었다. 황급히 몸을 더듬어보았다. 진흙투성이고 축축하지만 멀쩡했다. 뺨에서 뭔가가 만져졌다. 떼어보니 활엽수 이파리 조각이었다. 소위의 무서운 얼굴과 날이 시퍼런 군도가 떠올라 부르르 진저리를 쳤다. 젖은 바지와 후드티가 몸에 자꾸 들러붙었다. 유독 사타구니가 축축했다. 바지 앞섶에 댔던 손을 코로 가져갔다. 에이, 씨! 쪽팔리게. 오줌을 지렸다. 옷을 벗어 바닥에 묻은 진흙을 닦았다. 속옷 바람으로 전송기계를 나섰다. 공기가 선득해 팔뚝에 소름이 돋았다. 당직실에 딸린 욕실 한쪽에 세탁기가 있었다. 세탁에서 건조까지 10분이면 충분했다. 꼼꼼하게 샤워를 했다. 1945년 티니언 섬과 2056년 반도의 토양성분은 달랐다. 자생식물도 달랐다. 나뭇잎 한 조각이라도 다른 사람 눈에 띄면 좋을 게 없었다. 내 동선을 따라가며 흘렸을지 모를 진흙과 물기를 꼼꼼히 제거했다.

잠시 휴식을 취한 다음 다시 전송기계 조종석에 앉았다.

쇼와 20년(1945년) 8월 6일 오전 12시 30분. 티니언 섬

올 때마다 도착 위치가 조금씩 달랐지만 큰 나무를 어렵지 않게 찾았다. 한밤중이지만 적외선고글을 써서 시야가 대낮같이 환했다. 앉은 채로 고통이 잦아들기를 기다렸다가 큰 나무 뒤로 갔다.

"여기야!"

소리 나는 곳을 찾아 두리번거렸다.

"이쪽."

밀림 속에서 명령했던 병사가 손을 흔들었다. 네 명이 모여 있었다. 내 몸을 수색했던 병사가 미군에게 투항한다고 했으니 모두 무사한 셈이었다. 일본군들을 유인한 내 작전이 성공했다. 무모한 행동이었으나 위험을 무릅쓴 보람이 있었다.

"큰일 났다."

명령했던 병사가 내 손목을 잡아 앉히며 말했다. 목소리가 예사롭지 않았다.

"무슨 일이죠?"

일단 물어놓고 머릿속으로 그 '큰일'의 가능성들을 어림해보았다. 도무지 감이 잡히지 않았다.

"일본군들이 처음 보는 무기를 가지고 있어."

"어떤 무기요?"

"전차 포탑에 이상한 포가 장착돼 있어. 게다가 개인 화기도 일본군에게 지급되던 소총이 아니야. 보급도 끊긴 패잔병들에게 새로 개발한 무기가 지급되었을 리도 없고 말이다."

명령했던 병사가 빠르게 말했다.

"혹시 부서진 무기들을 조립해서 만든 게 아닐까요?"

"아냐, 발사할 때 봤는데, 포탄이 아니라 파란 불빛 같은 게 나가서 나무들을 성냥개비처럼 쓰러뜨리더구나. 처음 보는 무기였어."

말을 듣고 떠오른 건 레이저포였다. 그건 내가 사는 시대의 무기였다. 뭔가를 보내 과거를 바꿨다는 엄마의 말을 확인한 셈이다. 그런데 큰 레이저포를 어떻게 보낸 거지? 그 의문은 곧 풀렸다. 분해한 다음 여러 차례에 나눠 보내면 간단했다. 레이저무기 말고 또 뭘 보냈을까? 많지는 않을 것이다. 불안정한 전송기계로 정교하고 복잡한 기계를 전송하는 데는 한계가 있을 테니까. 보내는 족족 성공하지도 않았을 것이다. 하지만 모를 일이다. 최악의 경우를 대비해야 했다.

"일이 훨씬 복잡해질 수도 있겠어요."

"뭔데? 지금까지 보고 들었던 것보다 더 놀랍기야 하겠니?"

"에놀라 게이를 공격하는 무기는 여러분이 본 게 전부가 아닐 수도 있어요."

"어떤 무기가 또 있는데?"

"강력한 전자파를 발생시켜 반경 수 킬로미터 이내의 전자기기를 고장 내 버리는 폭탄이라든가, 사람 대신 싸우는 전투로봇이라든가 하는 것들이요."

"폭탄인데 터져서 사람을 죽이는 게 아니라 기계를 고장 낸다구? 사람 대신 전투를 하는 로봇? 도통 못 알아먹겠구나."

1940년대 중반이면 트랜지스터도 발명되기 전이어서 진공관을 사용했다. 인터넷에서 진공관 라디오를 본 적이 있다. 큰 상자만 했다. 이런 시대에 사는 사람들에게 미래의 무기를 이해시키는 건 무리였다.

"그 무기 어디 있어요?"

길게 설명할 시간이 없었다. 레이저 무기가 전부이길 바랄 뿐이었다.

"천연동굴 중 하나에 감춰져 있었는데, 지금 미군비행장 쪽으로 가고 있어. 도대체 그 괴물의 정체는 뭐냐?"

"에놀라 게이를 공격한 게 일본군 무기와 미군에게서 빼앗은 로켓포라고 해놓곤 미래에서 보내온 무기를 사용하려나 봐요. 아니면 미군들의 시선을 이쪽으로 돌리려는 양동작전인지도 모르고요. 어쨌든 막아야 돼요. 미군에게 투항한 분은 제대로 전달했을까요?"

"모르겠구나, 연락할 방법이 없으니. 최선을 다한다고 했으니까 믿는 수밖에."

"혹시 그 전차를 공격할 무기가 있을까요?"

"여기."

재촉하던 병사가 X자로 메고 있던 걸 툭툭 쳤다. 쇠로 만든 공처럼 생겼다. 명령했던 병사에게 그게 뭐냐고 물었다.

"투척용 대전차 수류탄이다. 뇌관을 작동시킨 후 손잡이를 잡고 이렇게 하다가 전차를 향해 던지는 거지."

명령했던 병사가 왼손을 허공에서 돌리는 시늉을 했다. 한숨이 나왔다. 이런 구식 무기로 전차를 대적할 수 있을까?

"이래 봬도 여간내기가 아니다. 이걸로 미군 탱크를 여러 대 박살

내는 걸 봤으니까."

미덥지 않아 하는 기색을 읽었는지 재촉하던 병사가 거들었다. 해보지도 않고 두려워할 이유는 없다. 꼭 전차를 부수지 않아도 폭발 소리를 듣거나 화염을 본 미군이 경계를 강화할 수도 있었다.

"가시죠."

"위험하니까 넌 여기 있어라."

"아니에요, 저도 가고 싶어요."

명령했던 병사가 잠깐 망설이더니 고개를 끄덕였다. 이들이 위험한 곳으로 가는 건 나 때문이었다. 함께하면서 돕고 싶었다.

조선인 병사들은 밀림을 요리조리 잘도 헤쳐나갔다. 칠흑 같이 어두운데도 거리낌이 없었다. 어찌나 날렵한지 적외선고글을 쓰고도 따라가기가 벅차 자꾸만 뒤처졌다.

"다 왔어, 힘내."

재촉하던 병사가 뒤따라오며 독려했다. 숨이 턱까지 찬 나는 대답도 못하고 고개만 주억거렸다. 앞서 가던 병사들이 갑자기 걸음을 멈췄다. 잠시 방향을 가늠하던 병사들은 이전보다 더 빠르게 움직였다. 무슨 일인지 궁금했지만 방해가 될까 봐 묵묵히 따라만 갔다.

얼마나 달렸을까. 병사들이 각자 엄폐물을 찾아 몸을 숨겼다. 나도 나무 뒤에 앉았다. 저만치에서 전차가 움직이고 있었다. 좀 전에 병사들이 멈춘 건 엔진 소리 때문이었다. 나는 숨이 차 듣지 못했다. 땀이 줄줄 흘렀다. 배낭을 메고 있어 더 더웠다. 들은 대로였다. 포탑에 레이저포가 달려 있었다. 무슨 수를 써서라도 막아야 했다.

"이거요."

적외선고글을 벗어주자 명령했던 병사가 받아서 쓰곤 신기한 듯 주위를 둘러보았다.

"적외선고글이란 거예요."

이들에겐 내가 가진 물건과의 접촉을 최소화해야 했다. 하지만 야간전투에서 적외선고글은 큰 도움이 될 터였다. 나는 어둠에 적응하느라 연신 눈을 감았다 떴다.

잠시 모여서 작전을 짠 병사들이 흩어졌다. 둘은 전차 뒤로 갔고, 하나는 전차 오른쪽, 재촉하던 병사는 내 곁에 남았다. 나이가 많아 전투에서 제외된 것 같았다.

"조심해라."

재촉하던 병사가 나직이 말했다. 나는 몸을 더 낮추는 것으로 대답을 대신했다. 병사 둘이 전차 뒤편으로 조심스레 접근해 대전차 수류탄을 던지고 신속하게 피했다. 나는 귀를 막으며 고개를 숙였다. 그러나 아무 소리도 들리지 않았다.

"습기 때문이다. 불량품이 많아 물이 조금만 들어가도 터지지 않는다."

재촉하던 병사가 내 귀에 속삭였다. 이번엔 오른쪽에 있던 병사가 뭔가를 던졌다. 수류탄 같았다.

엄청난 폭발음이 고막을 때렸다. 섬광과 화염에 전차 주위가 밝아졌다. 전진하던 전차가 멈췄다. 성공이었다. 오른쪽 무한궤도가 끊어졌다. 그런데 갑자기 내 옆에 있던 나무가 화염에 휩싸여 쓰러졌다. 포탑이 회전하며 레이저포를 쏘고 있었다. 전차 앞에 장착된

기관총도 불을 뿜었다. 이파리가 흩날리며 수액 냄새가 퍼졌다. 나는 땅바닥에 납작 엎드렸다. 이윽고 화풀이하듯 무차별 난사를 해대던 레이저포와 기관총이 잠잠해졌다. 밀림 여기저기가 환하게 불타올랐다.

조선인 병사들이 몹시 걱정되었다. 소리를 질러 안부를 묻고 싶지만, 그랬다간 나를 향해 레이저포를 퍼부어댈 것 같았다. 사방이 조용했다. 불붙은 나무가 타며 탁탁 소리를 낼 뿐이었다. 머잖아 포탑 꼭대기의 해치가 열렸다. 잠시 뒤에 상반신을 드러낸 일본인 병사가 사방에 레이저소총을 쏴댔다. 조선인 병사들은 응사하지 않았다. 어둠을 가르던 레이저광선이 멈췄다. 위험하지 않다고 판단했는지 병사가 포탑을 나와 레이저소총 개머리판으로 탱크 몸체를 두드렸다. 그게 신호였는지 병사 셋이 나왔다. 재빨랐지만 몹시 조심스러운 동작이었다. 개중에는 나에게 군도를 들고 달려들었던 소위도 있었다.

두 명이 경계를 서고, 두 명은 파손된 부분을 점검했다. 그때 총성이 울렸다. 경계를 서던 병사 둘이 순식간에 쓰러졌다. 총성이 연달아 밤하늘을 갈랐다. 소위가 아랫배를 붙잡고 뒷걸음질쳤다. 병사 하나는 몸을 날려 도망쳤다. 소위도 비틀거리며 권총을 쏘며 달아났다. 명령했던 병사가 탱크 위로 올라갔다. 수류탄을 들고 있었다.

"잠깐만요."

나는 땅바닥에 떨어진 레이저소총을 주워 전차 위로 뛰어올랐다.

"이것도 같이……."

명령했던 병사가 레이저소총과 수류탄을 해치 안으로 집어넣었다. 우리는 멀찍이 달아났다. 몇 초 뒤에 열린 해치로 불기둥이 솟구쳤다. 폭발력이 대단했다. 명령했던 병사가 적외선고글을 벗었다. 한밤중에 이런 소동이 벌어졌으니 미군도 경계령을 내렸을 것이다. 미군에게 투항한 조선인 병사가 땅굴의 위치를 알렸다면 더할 나위가 없겠지만.

"다친 덴 없니?"

명령했던 병사의 땀범벅인 얼굴에 불빛이 어렸다.

"괜찮아요, 형은요?"

그렇게 부르고 나니 정말 친형인 양 살갑게 느껴졌다. 목숨을 걸고 함께 일본군을 막아냈으니 혈육보다 더 끈끈한 정으로 맺어진 관계이긴 했다.

"나도 괜찮다."

"다른 분들은요?"

"달아난 일본군들을 쫓아갔다."

"다친 분들은 없나요?"

"없는 것 같다."

"레이저 무기를 없애줘서 고마워요."

"누군가는 해야 할 일이잖니."

명령했던 병사가 씩 웃었다. 겸손하게 말했지만 얼굴에는 벅찬 감정이 그대로 드러났다. 우리는 고철덩어리가 된 채 불타는 전차를 바라보았다. 연료에 불이 붙었는지 두어 차례 폭발이 더 있었다. 나는 그때마다 어깨를 떨었다.

"그래도 다행이다. 미래에서 온 무기가 저것뿐이어서. 이제 돌아가야지?"

"예."

"아주 요긴하게 썼다. 데려다주마."

명령했던 병사가 적외선고글을 돌려주고 앞장섰다. 달려서 온 길을 걸어서 가려니 더 멀게 느껴졌다. 큰 나무가 보여서야 걸음을 늦추었다. 적외선고글을 벗자 좀 살 것 같았다. 땀에 흠뻑 젖은 몸이 끈적거렸다. 숨을 몰아쉬며 턱에 고인 땀을 손등으로 훔쳐냈다. 몸에 들러붙은 옷을 떼놓았다. 입에서 단내가 났다.

"이만 헤어져야겠구나. 난 동지들을 따라가 봐야겠다."

"고맙습니다. 몸조심하세요. 다른 분들께도 인사 전해주시구요."

"그러마. 조선이 꼭 해방됐으면 좋겠구나."

"꼭 그렇게 될 거예요."

나는 자신 있게 말했다.

"그러고 보니 아직 통성명도 하지 않았구나. 난 경성부 아현정에 사는 박준식이다. 보성전문학교에 다니다 학도병으로 끌려왔지."

명령했던 병사가 손을 내밀었다.

"전 전라북도 군산부 월명정에 사는 야스모토 류타입니다."

나는 두 손으로 박준식 형의 손을 잡았다. 악수는 단순한 인사가 아니었다. 시공을 뛰어넘은 조선인들이 힘을 합쳐 얻어낸 승리를 확인하는 행위이자 굳건한 연대감의 표현이었다. 힘주어 잡은 손을 몇 차례 흔든 박준식 형이 빠르게 어둠 속으로 사라졌다.

큰 나무에 기대앉아 숨을 골랐다. 미래에서 보낸 게 레이저 무기뿐이어서 다행이었다. 땀이 눈에 들어가 쓰렸다. 윗옷자락을 들어

눈가를 훔치던 나는 소스라치게 놀라며 다리를 털었다. 무언가가 내 바짓단을 움켜잡았던 것이다. 부리나케 일어나 적외선고글을 다시 썼다. 내 옆에 사람이 쓰러져 있었다. 어처구니가 없었다. 이렇게 가까운 거리에 사람이 있는데 몰랐다니. 놀란 가슴을 진정시키며 보니 소위였다. 권총을 들고 있지 않았다. 군도도 없이 칼집만 차고 있었다. 천황폐하가 하사한 군도를 잃어버린 것만으로도 소위가 처한 상황을 읽는 건 어렵지 않았다. 하늘을 향해 반듯이 누운 소위가 나를 보았다. 움직일 힘도 없는 듯했다. 숨쉬기가 곤란한 듯 가슴이 크게 오르내렸다. 아랫배를 덮은 왼손 아래로 피가 넓게 번져 있었다.

"너 같은 애송이에게 당하다니……."

소위의 목구멍에서 바람이 좁은 곳을 지나가는 소리가 났다. 깔보는 말투여서 기분이 나빴다. 그렇다고 부상을 입은 사람에게 화를 내는 것도 우스워서 말머리를 돌렸다.

"괜찮으세요?"

"네 눈엔 내가 괜찮아 보이느냐?"

끅끅거리며 웃던 소위가 갑자기 기침을 쏟아냈다. 얼굴이 심하게 일그러졌다.

"담배……."

소위가 눈으로 자기 왼쪽 가슴주머니를 가리켰다. 나는 경계심을 풀지 않고 조심조심 꺼낸 담배를 소위의 입에 물려주었다. 내가 사는 세상에선 극소수만이 담배를 피웠다. 중독되거나 건강을 망치려면 담배 말고도 방법은 얼마든지 있었다.

"불……."

가슴주머니에서 다시 조그만 종이 상자를 꺼냈다. 성냥을 직접 보는 건 처음이지만 불을 일으키는 원리는 알고 있었다. 화학물질이 묻은 성냥머리를 상자 측면에 마찰시켰다. 처음이라 성냥개비를 세 개나 부러뜨리고서야 불을 붙였다. 재가 떨어지는 것도 모르고 맛있게 피우던 소위가 반나마 남은 담배를 입술로 밀어냈다. 나는 담배를 땅바닥에 버렸다.

"별이 참 많구나."

소위가 나를 공격할 때와 달리 순박한 소년처럼 말했다. 20대 후반, 아니면 30대 초반? 찬찬히 보니 이목구비가 뚜렷했다. 첫인상과는 달리 전체적으론 온화한 얼굴이었다. 무슨 생각을 하는지 소위의 입가에 잔잔한 미소가 번졌다. 그래서인지 더없이 선해 보였다. 나를 방심하게 한 다음 공격할 의도는 없어 보였다. 아닌 게 아니라 밤하늘에 총총한 별들은 화려하지도, 비싸지도 않지만 제 개성이 분명한 보석들처럼 빛났다. 소위가 눈을 감았다. 이럴 때 잠이 들면 죽는다고 들었다. 소위를 흔들며 말을 시켰다.

"언제 입대하셨어요?"

"쇼와 18년, 6월 13일."

소위가 눈을 감은 채 말했다.

"입대 전엔 뭘 하셨어요?"

"중학교 교사……."

소위가 힘들게 눈꺼풀을 밀어 올렸다. 짧게 말하는데도 몹시 힘들어했다. 반쯤 뜬 눈은 방전돼가는 손전등처럼 희미했다. 어떻게든 잠드는 걸 막아야 했다.

"결혼은 하셨나요?"

"아내와, 딸이 하나, 있지."

소위가 기침을 하며 몸을 움츠렸다.

"어디 좀 봐요."

아랫배에 대고 있는 소위의 손을 치웠다. 군복 상의를 붉게 물들인 피가 그 범위를 점점 넓혀 가고 있었다. 손을 제자리에 올려주었다. 피 냄새를 맡은 날벌레들이 모여들었다.

"딸, 보고 싶으세요?"

소위가 고개를 끄덕였다. 어리석은 질문이었다. 배에 총상을 입은 사람에게 괜찮으냐고 물은 것과 별반 다르지 않았다. 소위가 다시 눈을 감았다.

"꼭 한번, 보고 싶구나. 스미코 생일이, 사흘 전, 이었다. 선물도, 준비했는데……."

"선물이 뭔데요?"

"마네키 네코●……. 꼭, 전해주고, 싶었는데."

힘없이 중얼거리는 소위의 말이 자꾸 끊겼다. 목소리가 점점 작아지고 있었다.

"집 주소가 어떻게 되죠?"

안 돼! 내 안의 누군가가 급하게 손사래를 쳤다. 나는 못 들은 척했다. 생명이 꺼져 가는 사람의 마지막 소원이었다.

"수첩……."

● 재물과 복을 부른다는 고양이 입상.

눈을 감은 소위가 졸음에 겨운 듯 느리게 말했다. 담배가 들어 있던 반대쪽 가슴주머니에서 두툼한 게 만져졌다. 앞표지에 큰 별이 그려진 군인수첩을 꺼내는데 뭔가 따라 나왔다. 엄지손가락만 한 마네키 네코였다. 나무에 공들여 조각한 고양이는 앙증맞게 오른쪽 발을 들고 있었다. 수첩에는 이름과 주소, 계급이 적혀 있었다.

"스미코……."

소위의 눈꼬리에서 눈물 한 줄기가 흘렀다. 그 말을 남긴 소위는 더 이상 말이 없었다. 입술은 '코'를 발음했던 그 상태로 벙긋 벌어져 있었다.

"아저씨!"

소위의 어깨를 흔들다 가슴에 귀를 대보았다. 심장박동이 없었다. 소위가 간절하게 불렀던 이름이 귓가에 맴돌았다. 인공수정으로 태어난 나는 아빠는커녕 아빠 사진도 없었다. 그래서 늘 아빠가 그리웠다. 스미코라는 아이도 아빠가 보고 싶을 것이다.

소위의 입을 닫아주고 귀환영역으로 옮겼다. 두 명이 동시에 전송된 적은 없지만, 2인용이니까 괜찮을 것이다. 소위를 뒤에서 안았다. 귀환장치를 작동시켰다. 눈앞의 사물이 이지러졌다. 몸이 붕 뜨는 느낌이었다. 다른 감각은 사라지고 고통만 남았다. 눈을 질끈 감으면서 어금니를 사려 물었다.

현재로 돌아왔다. 귀환은 언제나 고통과의 전쟁이다. 적외선고글을 벗을 힘도 없었다. 내 무릎에 앉은 소위는 머리가 모로 꺾여 있었다. 소위가 떨어지지 않게 조종석을 빠져나왔다. 소위는 잠들었다고 착각할 만큼 편안한 모습이었다.

전송될 시간과 장소를 입력했다. 시간은 인적이 끊기는 때로 맞추었다. 내 안의 누군가가 물었다. 이게 잘하는 짓일까? 다른 내가 대답했다. 이미 죽은 사람이잖아. 소위의 간절함을 풀어주고 싶었다.

쇼와 20년(1945년) 6월 10일 오전 3시. 미야자키 현(縣), 모모이 센본키 소위 집 앞

밀림 속을 뛰어다녀서인지 고통이 더 심했다. 온몸이 쥐어짜는 것처럼 아팠다. 숨을 훅훅 들이쉬어 고통을 달랬다. 정원이 딸린 아담한 목조주택 앞이었다. 집엔 불이 꺼져 있었다. 예상대로 인적이 없었다. 몸을 일으키던 나는 신음을 삼키며 엉덩방아를 찧었다. 온몸의 관절과 근육이 따로 놀았다. 5분쯤 그대로 있었더니 차츰 고통이 사라졌다. 소위를 대문 앞에 끌어다놓았다. 대문기둥에 붙은 문패에 모모이 센본키라고 쓰여 있었다.

초인종을 눌렀다. 반응이 없었다. 다시 눌렀다. 창문이 밝아졌다. 돌아서다 소위에게 걸려 넘어져 무릎을 찧었다. 벌떡 일어나 귀환영역을 향해 뛰었다.

7

눈을 뜨던 나는 무릎을 움켜잡으며 신음을 흘렸다. 그 자세로 전송기계 안을 둘러보다 출입문을 열었다. 전시된 전송기계들이 보였다. 창밖의 풍경도 이전과 같았다.

바뀌지 않았나?

아직 속단하기엔 일렀다. 한달음에 집까지 왔다. 집도 변한 게 없었다.

"엄마!"

대답이 없었다. 방문을 다 열어보았다. 욕실 안까지 들여다봤지만 엄마는 없었다. 소파에 털썩 앉았다.

레이저포를 장착한 전차를 파괴한 것도, 조선인 병사가 미군에게 투항한 것도 다 쓸데없는 짓이었단 말인가?

확인할 방법이 없으니 답답했다. 코에서 뜨거운 게 흘렀다. 코피였다. 고개를 젖히고 코를 막았다. 오늘은 더 이상 과거로 가기 어려웠다. 우주항공박물관을 오래 비울 수가 없었다. 몸을 일으켰다.

왜 바뀌지 않는 걸까?

집으로 올 때까지 이 의문이 머릿속을 떠나지 않았다. 아침도 먹지 않고 침대에 쓰러졌다.

아르바이트를 가기 전에 부립도서관에 들렀다. 묵은내가 풍기는 종이책은 부립도서관에만 있었다. 단말기로 검색하면 편하지만 흔적이 남았다. 몇 사람이 책을 읽고 있었다. 주로 노인들이었다. 손에 잡히는 대로 아무 책이나 뽑아 빈자리에 앉았다. 20분쯤 지나 책을 제자리에 꽂고 다른 책을 찾는 것처럼 서가 사이를 돌아다녔다. 나에게 관심을 갖는 사람은 없었다. 적어도 겉으로 보기엔 그랬다. 역사책이 꽂힌 서가로 갔다. 티니언 섬에서 전사했거나 행방불명된 군인의 명단을 빼들었다. 깨알 같은 활자를 검지로 짚어가며 모모이 센본키 소위를 찾았다. 같은 이름의 전사자가 있었다. 하지만 동명이인으로, 출신지와 계급이 달랐다. 행방불명된 두 사람이 더 있지만 역시 사망장소와 사망일이 달랐다.

어떻게 된 거지? 소위의 죽음을 확인하는 방법이 없을까? 그렇지, 왜 진작 그 생각을 못 했을까.

야스쿠니 신사에 합사된 전몰자 명단을 찾았다. 주요 전쟁에서 순국한 영령들의 위패가 모셔져 있는 야스쿠니 신사에서 만든 명단에는 절대 누락될 리가 없었다. 하지만 두 번이나 확인했는데도 역시 없었다.

뭐지? 소위가 죽지 않았단 말인가? 그래서 역사에 아무런 영향을 미치지 않았다? 그럼 행방불명자 명단에라도 있어야 했다. 아, 모르겠다. 다른 사건에 개입하지 말라던 엄마의 말을 어긴 걸 뼈저리게 후회했다.

온종일 잤는데도 피로가 풀리지 않았다. 스트레칭을 하며 조종석에 앉았다. 시간과 장소를 입력하다 깜박이는 램프를 발견했다.

이런.

연료가 부족하다는 경고였다. 연료가 한 눈금 정도만 남아 있었다. 소위를 데려다주기 전만 해도 넉넉했는데……. 두 명이 전송되면 연료 소모는 2배가 아니라 폭발적으로 늘어나나 보다.

전송기계의 연료는 전자제품에 들어가는 배터리처럼 아무 데서나 구입할 수 있는 게 아니었다. 전송기계 주변을 서성이다 혹시나 해서 다른 전송기계의 연료막대 삽입구를 열어 보았다. 빈 연료막대뿐이었다. 대부분은 연료공급 체계가 전혀 달랐다.

"잘 생각해봐, 류타. 분명히 무슨 방법이 있을 거야."

초조감을 달래려고 중얼거리는데 퍼뜩 머리를 스치는 게 있었다.

"에너지울타리!"

미래에서 과학자가 온 시간으로 가면 에너지울타리를 통과할 수 있었다. 엄마는 과거로 가서 만났을 때나 편지에 연료막대에 대해선 언급하지 않았다. 연료를 많이 확보하지 못한 걸 미안해했을 뿐이다. 그건 곧 연료막대를 가져와도 문제가 되지 않는다는 뜻이었다. 서둘러 조종석에 앉았다. 나는 엄마의 유전자를 물려받아 기억력이 좋은 편이다. 엄마의 편지에 씌어 있던 사고 시간을 기억해내려 정신을 집중했다. 맞다, 에너지울타리가 고장 난 건 2시 32분. 그리고 엄마가 과학자와 얘기를 나눈 후 강심제를 가져오려고 연구실을 비웠다고 했으니 2시 45분쯤이면 괜찮을 것 같았다. 연료가 부족하진 않을 것 같았다. 돌아오지 못하면 한 공간에 두 명의 내가 공존하는 모순이 발생한다. 다른 전송기계에서 빼낸 빈 연료막대를 배낭에 넣었다.

5년 전(2051년) **5월 11일 오후 2시 45분. 판아시아연구소 B동 203호**

가까운 과거여서인지 그리 힘들지 않았다. 연구실 한가운데에 군데군데 덮개가 열려 내부 장치가 다 드러난 TX-7310이 있었다. 그 주변엔 각종 기기와 부품 들이 널려 있어 발 디딜 틈이 없었다. 벽을 따라 설치된 기계들에서 나온 다양한 색깔의 전선과 용도를 알 수 없는 굵고 가는 플라스틱 튜브 들이 전송기계로 이어져 있었다. 연구실은 보통 연구실의 3배 넓이였다. 엄마에게 들은 적이 있다. 폐소공포증이 있는 엄마를 위한 연구소 측의 배려라고.

출입문 쪽에 한 남자가 널브러져 있었다. 15년 뒤의 미래에서 왔다는 과학자. 생김새가 우리와 같았다. 옷의 재질이나 디자인도 별반 다르지 않았다. 도와주고 싶지만 그럴 수 없었다.

TX-7310 안으로 들어갔다. 계기판의 연료 눈금이 보이는 순간 눈을 질끈 감았다.

제발, 제발…….

천천히 눈을 떴다. 연료가 3분의 2쯤 남았다. 안도의 한숨을 내쉬었다. 배낭에서 에어드라이버를 꺼내 연료막대 삽입구를 열었다. 연료막대를 꺼내고 빈 연료막대를 넣었다.

현재로 돌아와 연료막대를 교체하는데 문득 이런 생각이 들었다. 과거를 바꿨지만 연쇄반응이 느리게 진행돼 아직 현재에 영향을 미치지 않은 게 아닐까? 모든 일은 직선적이고 단선적이지 않다. 하다못해 학교에 가는 방법도 여러 가지가 아닌가.

확인해보는 방법이 있었다. 연료도 넉넉했다.

헤이세이 27년(2015년) 8월 6일 오전 8시. 티니언 섬

제자리에서 한 바퀴를 돌았다. 전송된 장소가 같은데도 풍경이 너무 달랐다. 방사능 오염을 감안해 70년 뒤로 설정하면서도 설마 했는데……. 원자폭탄을 히로시마에 투하하려던 계획은 실패했다.

원자폭탄은 웬만한 도시 하나쯤은 잿더미로 만들어버리는 무기였다. 티니언은 가장 넓은 가로가 8킬로, 세로가 19.2킬로인 작은 섬이다. 다시 울창해진 수풀이 원자폭탄이 휩쓸고 간 황량함과 황폐함을 가려주었다. 하지만 완전히 감출 수는 없었다. 시커멓게 탄 나무가 여기저기 뒹굴었다. 시커먼 둥치만 겨우 남은 나무도 있었다. 방사능이 생태계에 변이를 일으켰는지 큰 나무는 없었다.

멀리 구조물이 우뚝 솟아 있었다. 미군비행장이 있던 자리에 세운 추모탑이었다. 역사 수업에서 홀로그램으로 보았던 터라 한눈에 알아보았다. 햇빛이 강렬해 눈을 가늘게 떴다. 가까이에서 보고 싶었다. 미군비행장까지 4킬로라고 했으니 꽤 멀었다. 더군다나 이런 날씨에 모자도 없이 걷는다는 건 무리였다. 조금 떨어진 곳에서 차 소리가 들렸다. 차를 얻어 타면 될 것 같았다.

차 소리가 난 곳을 향해 걷다가 조선인 병사들과 만날 때 기준으로 삼았던 큰 나무를 발견했다. 하늘을 찌를 듯 솟아 있던 나무가 내 가슴쯤 되는 곳에서 잘려 나갔으므로 엄밀히 말하면 큰 나무로 짐작되는 흔적이었다. 시커멓게 그을린 나무를 만지려다 그만두었다. 70년이 흐른 뒤고, 방사능을 제거하는 기술이 획기적으로 발전했다고는 하지만 피폭에 대한 두려움은 여전히 남아 있었다. 땅바닥에 떨어진 나뭇가지에 걸려 넘어질 뻔했다. 잡초에 가려 보이지 않는 장애물을 피하면서 걸었다.

잡초를 벗어나자 2차선 포장도로가 나왔다. 뙤약볕에 달궈진 아스팔트에 신발바닥이 쩍쩍 들러붙었다. 지나가는 자동차를 향해 손을 들었다. 나를 지나친 자동차가 급정거하더니 후진해왔다. 눈이 따끔거렸다. 매캐한 냄새 때문에 목구멍이 간질거렸다. 이내 원인을 찾았다. 이 시대의 자동차는 내연기관에서 동력을 얻었다. 불완전 연소된 배기가스 때문이었다. 내가 사는 시대엔 대류권에서 활발하게 일어나는 번개를 에너지로 전환하여 사용해 매연이 없었다. 오염과 매연에 대한 규제도 엄격했다. 침을 삼켜 기침을 참으며 주위의 지형지물을 눈여겨봐 두었다.

"탈래?"

동양인 남자가 반쯤 내린 선글라스 너머로 나를 보았다. 일본어였다.

"어디까지 가시는데요?"

"여기 오는 사람들은 다 목적지가 같단다."

남자가 추모탑을 턱짓하며 조수석에 둔 모자를 집어 뒷좌석으로 던졌다.

"고맙습니다."

나는 조수석에 올라탔다.

"배? 아니면 비행기?"

"배로 왔어요."

여기까지 온 교통수단을 묻는 것 같아 잠깐 망설이다 둘러댔다. 전송기계로 왔다고 할 수는 없으니까.

"그래서 만나지 못했구나. 난 비행기로 왔거든. 누가 돌아가셨니?"

"할아버지요."

거짓말이 술술 나왔다. 이제껏 몰랐던 소질을 발견한 기분이었다.

"선착장에서 히치하이킹을 하거나 셔틀버스를 이용하지 그랬니. 먼 거린데. 난 섬을 둘러보려고 차를 빌렸지만."

"그냥요."

나는 되도록 간단하게 대답했다. 말이 길어지면 거짓말이 들통날 수도 있었다.

"용감하구나. 여길 혼자서 오고."

나는 머쓱해져 차창으로 고개를 돌렸다. 남자는 더 말을 걸지 않았다. 나로선 다행이었다.

추모탑까지는 금방이었다. 널찍한 주차장에 자동차 4대가 세워져 있었다. 각기 다른 모델인 검은색 자동차에는 조수석과 운전석, 그리고 보닛에 흰색으로 조잡하게 숫자가 쓰여 있었다. 내가 타고 온 차는 5번이었다. 숫자를 쓴 페인트가 마르기 전에 가닥가닥 흘러내려 흉물스러웠다. 검은색 차체에 흰색으로 쓴 건 미적인 고려 없이 오로지 눈에 잘 띄게 하려는 의도 같았다. 폐차 직전의 자동차를 가져다 추모객이나 여행객에게 대여하는 업자가 있는 모양이었다. 검은색인 데다 매연을 내뿜는 자동차는 원자폭탄에 폐허가 된 티니언 섬과 잘 어울렸다. 뒷좌석에서 국화다발을 꺼내는 남자에게 고맙다고 인사했다. 남자가 웃으며 모자챙을 살짝 들어올렸다.

추모탑은 받침대 구실을 하는 원형 대리석 위에 두 가닥의 원기둥을 꼬아 만든 회오리 형상이었다. 규모가 어마어마했다. 대리석 받침의 지름이 100미터, 탑 높이가 220미터나 되었다. 각 나라의 언어로 쓰인 건립 취지문엔 두 가닥 기둥은 각각 일본과 미국을 나타낼 뿐 아니라 세계의 평화와 화합을 상징한다고 돼 있었다. 대리석 둘레엔 희생당한 사람들의 이름을 빼곡히 새겨두었다. 추모탑 주위엔 서양인과 동양인 여러 명이 있었다. 향냄새가 바람에 실려왔다. 나를 태워준 남자가 일본인 추모객을 위한 제단 앞에서 묵념을 하고 있었다. 제단 앞에 꽃다발이 여러 개 놓여 있었다.

탑과 조금 떨어진 곳에 5층 높이로 세워진 전망대로 올라갔다. 원자폭탄이 폭발한 자리에 생긴 구덩이는 그 끝이 보이지 않았다. 원자폭탄의 파괴력이 짐작되고도 남았다. 구덩이 경사면엔 시커먼 것들이 비죽비죽 솟아 있었다. 고열에 녹아내린 비행기와 자동차였다. 난간을 잡은 손에 힘을 주었다. 뭐가 잘못된 거지? 아무래도 모를 일이었다.

소위를 자기 집에 데려다준 때문이란 말인가?

돌아올 땐 늙은 영국인 부부의 차를 얻어 탔다. 도중에 내려달라고 하자 의아해하면서도 이유는 묻지 않았다. 귀환영역으로 돌아오는 내내 발걸음이 무거웠다.

현재로 돌아와서 소위를 데려다준 시간보다 1분 전으로 설정했다.

쇼와 20년(1945년) 6월 10일 오전 2시 59분. 미야자키 현, 모모이 센본키 소위 집 앞

다른 집 대문간에 몸을 숨겼다. 잠시 뒤, 허공에서 소용돌이 같은 게 일더니 소위와 또 다른 내가 도착했다. 또 다른 나는 일어나려다 신음을 뱉으며 엉덩방아를 찧었다. 몰래 지켜보던 나는 또 다른 나에게 말을 걸어볼까 하는 장난기가 발동했다. 나를 보면 소스라치게 놀랄 것이다. 하지만 참기로 했다. 또 다른 나를 만나는 행위 자체가 미래에 영향을 줄지도 몰랐다.

또 다른 내가 소위를 대문 앞에 끌어다놓곤 초인종을 눌렀다. 반응이 없자 다시 초인종을 눌렀다. 창문이 밝아졌다. 돌아서다 소위에게 걸려 넘어진 또 다른 내가 벌떡 일어나 귀환영역으로 뛰어가더니 이내 사라졌다.

나는 얼른 달려가 소위의 가슴주머니에서 마네키 네코를 꺼내 대문 앞에 두었다. 현관문이 열리며 누구냐고 묻는 여자의 목소리가 담을 넘어왔다. 소위의 팔을 당겼다. 몹시 무거웠다. 여자가 다시 누구냐고 물어왔다. 마음이 급하니까 발걸음이 꼬였다. 귀환영역에 도착한 것과 대문이 열린 것은 거의 동시였다.

현재로 돌아와 숨 돌릴 사이도 없이 소위를 발견했던 시간과 장소로 갔다. 밀림은 눅눅하고 차가운 기운을 내뿜으며 잠들어 있었다. 잔잔한 풀벌레 소리는 주위가 조용하다는 걸 알리려고 깔아둔 효과음처럼 들렸다. 소위를 옮기는데 총소리가 잇따라 세 번 울렸다. 동작을 멈추고 귀를 쫑긋 세웠다. 거리도, 방향도 가늠되지 않는 총소리는 더 이상 들리지 않았다. 후드티를 벗어 소위에게 덮어주었다가 다시 집어 들었다. 후드티가 미래에 영향을 미칠지도 모른다. 발길이 떨어지지 않았다. 하지만 죄책감을 가질 필요는 없다. 소위는 원래 이 시간, 여기에 있어야 할 사람이었다. 자꾸 약해지려는 마음을 다져먹었다. 귀환 버튼을 눌렀다.

전송기계 출입문이 열렸다. 우주항공박물관 안은 변한 게 없었다. 후문 앞에 서서 눈을 감았다. 자동문이 열리는 소리가 들렸다. 천천히 호흡을 고르며 눈을 떴다. 눈앞에 펼쳐진 광경을 확인하는 순간 무력감에 휩싸였다. 변하지 않았다. 우주항공박물관 주변을 한 바퀴 돌았다. 모든 게 그대로였다. 기대감이 고성능폭약으로 해체되는 고층빌딩처럼 폭삭 주저앉았다. 소위를 자기 집에 데려다준 때문이 아니었나? 그렇다면 다른 가능성은 단 하나, 전차에서 나와 도망친 일본군 때문이었다. 하지만 다시 돌아가서 조선인 병사들에게 부탁하고 싶진 않았다. 성공한다는 보장이 없는 데다 예상치 못한 상황이 벌어질 수도 있었다. 고가 다다요시와 안중근이 남아 있었다. 조종석에 앉는데 아찔한 현기증이 몰려왔다. 눈을 감고 한참을 기다렸지만 몸은 더 까라졌다. 엄마가 힘들면 무조건 쉬라고 했다. 오늘은 이만해야겠다.

잠깐 눈을 붙이곤 내내 소설을 읽었더니 새벽 4시를 넘겨서는 『타임라인-293』만 남았다. 어깻죽지가 아프고 눈은 뻑뻑했다. 간단한 스트레칭을 한 뒤에 에너지보충음료를 마셨다. 찬물로 세수를 하고 3배속 낭독모드로 들었다. 등장인물들의 대화와 행동이 서로 뒤엉켜 기본 줄거리조차 파악되지 않을 만큼 머리가 흐리터분했다. 다시 눈을 붙였다가 8시에 출근한 경비원과 교대했다. 오늘은 정기상담이 있는 날이었다.

8

은색 푯말들이 나란히 붙어 있었다. 군산도립병원의 심리치료 병동. 치유를 테마로 유명 건축가가 설계한 병동에서 이어진 뒤편의 월명공원 산책로는 입원 환자를 위한 힐링 공간으로 이용되었다. 인공과 자연의 완벽한 조화라는 평가를 받으며 건축대상을 받은 병동은 외지인이 꼭 들르는 관광 코스였다. 월명공원은 매년 봄이면 수백 그루의 나무에서 피는 벚꽃으로 장관을 이루었다. 벚꽃이 만개할 즈음엔 전국에서 관광객이 몰려왔고, 경성에선 임시 열차까지 편성했다. 잠을 설쳤더니 자꾸 하품이 나왔다. 수업 시간에도 졸았다. 화장실에서 세수를 했다.

내가 들어가야 할 곳을 바라보았다. D-16호실. 숨을 짧게 끊어 쉬기를 반복했다. 한참을 그러고 났더니 두근거리는 마음이 좀 가라앉았다. 괜찮을 거야. 주먹을 꽉 쥐었다. 무광택 은색 출입문이 열렸다.

"왔구나. 거기 앉아."

상담사가 반갑게 맞으며 의자를 턱짓했다. 상담실에는 의자가 하나뿐이지만 상담사는 매번 의자를 권했다. 상담을 시작하면서부터 봐왔지만 늘 같은 머리 모양이다. 변화나 창의력이 요구되는 직업이 아니어서인지, 취향인지는 모르겠다.

"날씨가 좋구나."

"예."

첫인사에 이어 날씨 얘기를 꺼내는 것도 여느 날과 같다. 틀에 박힌 언행이 그리 나쁘지만은 않다. 예측 가능하다는 건 편안함의 다른 말이기도 하니까. 이럴 땐 한 가지 생각만 하는 게 좋다. 뭐가 좋을까. 여행을 간다던 쇼타가 떠올랐다. 머릿속을 텅 비우고 거기에 쇼타를 채우려고 노력했다. 상담사가 일주일 동안 있었던 일에 대해 질문했다. 나는 단답형으로 대답했다. 보충이 필요하면 짧게 덧붙였다.

상담사가 터치펜으로 단말기에 상담 내용을 적고 나서 거치대에서 스캐너를 뽑아 들었다.

드디어…….

나도 모르게 몸에 힘이 들어갔다. 스캐너 끝이 머리에 닿았다. 다른 때보다 이물감이 심해 머리칼이 쭈뼛 서는 듯했다. 상담사가 정수리에 대고 있던 스캐너를 이곳저곳으로 옮겼다. 정면 벽에서 숫자의 조합이 디스플레이 되었다. 암호화된 숫자들은 시시각각 변했다. 숫자들 사이에 부호나 기호가 끼어 있기도 했다. 상담사가 머리에서 스캐너를 뗐다. 디스플레이를 바라보던 상담사가 고개를 갸웃하더니 스캐너를 다시 오른쪽과 왼쪽 귓바퀴 위에 댔다. 스캐너는 두 곳을 집중적으로 옮겨 다녔다. 머리 전체를 스캔하던 좀 전과는 달리 검사 지점을 두 곳으로 한정했다는 말이었다. 그건 곧 특이한 점을 발견했다는 뜻이기도 했다. 오른쪽 해마는 태어난 이후에 겪은 모든 일을, 왼쪽 해마는 최근에 겪은 일을 기억하는 곳이었다. 나는 살며시 들이쉰 숨을 조금씩 나누어 내뱉었다.

"대체역사에 관심이 많니?"

상담사가 시선을 화면에 둔 채 물었다.

"예."

올 것이 왔군. 하지만 침착하게 대답했다.

"언제부터?"

"얼마 전부터요."

"왜?"

"재미있잖아요."

"이상하네……."

상담사가 스캐너를 뗐다. 나는 심장이 콩알만 해졌다. 데이터 결과를 한참 바라보던 상담사가 스캐너를 내 머리 왼쪽에 다시 댔다.

"류타, 혹시 엄마를 만났니?"

"엄마요?"

나는 의아한 눈길로 상담사를 보았다. 상담사는 찌르는 눈길로 나를 보고 있었다. 그 눈길을 피하지 않았다. 이럴 땐 강하게 나가야 했다.

"엄마로부터 무슨 메시지 같은 걸 받았니?"

"아뇨."

"엄마를 마지막으로 본 게 언제지?"

"5년 전이요."

"엄마 꿈을 자주 꾸니?"

"예."

질문이 빠르게 이어졌다. 내게 생각할 겨를을 주지 않으려는 의도 같았다. 불완전하나마 내 머릿속을 들여다보고 있다고 생각하니 말이 잘 나오지 않았다.

"마지막으로 엄마 꿈을 꾼 게 언제니?"

"어제요."

"데이터가 이 정도면 꿈이 아주 생생했겠는데."

상담사가 혼잣말을 하다 말을 이었다.

"검사 결과가 평소와 좀 다르구나. 이전에도 가끔씩 이런 적이 있었지만 오늘은 유독 심하구나. 어디 불편한 덴 없니? 두통이 있다거나 이유 없이 가슴이 심하게 두근거린다거나."

"없어요."

나는 시치미를 뗐다. 데이터 결과가 완전히 엉터리는 아닌가 보다.

"혹시 이상한 경험을 한 적은 없니? 현실과 가상의 구분이 안 된다거나 하는……."

"있었어요."

"자세히 말해 주겠니?"

학습프로그램에 접속했다가 엄마를 만난 얘기를 들려주었다. 내 말을 듣고 난 상담사가 천천히 고개를 끄덕였다.

"이전에도 그런 일이 있었니?"

"아니요, 이번이 처음이었어요."

"의식 상태나 기억과 관련해 이전과 달라진 점이 인지되면 즉시 찾아와서 상담을 받아야 한다. 오늘은 여기까지 하자. 다음 주 월요일, 같은 시간에 보자꾸나."

검색대가 설치된 정문을 벗어났다. 참았던 숨을 크게 내뱉었다. 잘했어, 류타. 마음속으로 나를 격려했다. 다른 날보다 검사시간이 조금 더 걸렸을 뿐이다. 검사를 무사히 통과했다는 홀가분함이 온몸으로 퍼져 나갔다.

이전에도 엄마 꿈을 꾼 흔적이 스캐너에 잡힌 적이 있었다. 상담사는 오늘 검사에서 나타났던 특이사항을 이전에도 있었던 꿈들과 결부시킨 것이다. 엄마를 만났다고는 짐작조차 하지 못했다. 엄마가 잠적한 뒤로 계속 심리상담을 받아왔다. 내가 유괴되면서 받았을 외상후 스트레스 장애를 치료한다는 게 이유였다. 하지만 엄마의 편지를 받고 나서 확실히 알았다. 내가 계속 감시를 받아왔다는 걸.

9

"나 왔어."

이모가 현관에 들어서자 갑자기 집 안에 생기가 돌았다. 소파에 비스듬히 누워 텔레비전을 보던 나는 얼른 일어나며 비스킷 포장지를 호주머니에 감췄다. 소파와 거실바닥에 떨어진 비스킷 부스러기는 대충 모아 소파 밑으로 밀어 넣었다. 그리고 입가를 훔쳤다.

"잘 다녀오셨어요?"

"어째 좀 야윈 거 같다?"

이모가 반갑게 웃으며 내 볼을 살짝 꼬집었다.

"이모가 없으니까 밥맛이 있어야 말이죠."

나는 너스레를 떨었다.

"그래도 소파에서 과자를 먹는 건 아니지."

뒤처리를 했어도 이모의 눈길은 피해갈 수 없었다.

"어떻게 알았어요?"

이모가 자기 입언저리를 검지로 툭툭 쳤다. 손바닥으로 입술을 쓸어보니 비스킷 부스러기가 묻어났다. 나는 염치가 없어 헤 웃었다.

며칠 만에 식사다운 식사를 했다. 밥을 두 공기나 비웠다. 이모가 열량과 영양을 계산한 음식들을 준비해두고 갔지만 귀찮아서 군것질로 대충 허기만 껐다. 이모는 청소시스템을 가동했다. 집 안 곳곳에 설치된 집진기가 먼지는 물론이고 유해물질과 해충도 빨아들였다. 그런데도 이모는 성에 안 차는지 구형 청소기를 꺼내왔다.

"참, 이모."

"왜?"

"외부에서 학습프로그램에 침입해서 활동하는 게 가능할까요?"

"글쎄……."

"그럼 엄마를 보고 싶은 내 무의식이 가상공간에서 엄마를 만드는 건요?"

"글쎄다, 그런 건 왜 물어?"

이모가 나를 보았다.

"실은 학습프로그램에서 엄마를 만났어요."

나는 겪었던 일을 하나도 빠뜨리지 않고 말했다.

"엄마가 많이 보고 싶은 모양이구나."

나를 보는 이모의 눈빛이 버려진 애완동물을 봤을 때처럼 축축했다. 말은 하지 않았지만 내 무의식이 만들어낸 현상으로 보는 것 같았다.

"이모."

"왜?"

"이모가 오니까 좋아요."

"나도 네가 있어서 참 좋아. 그런데 너, 과제 같은 거 없어?"

"있어요."

"그런데 왜 이러고 있어?"

"알았어요, 알았어."

으이그, 저 잔소리. 하여튼 분위기 깨는 데는 선수라니까. 안 그래도 오늘 중으로 역사 과제를 제출해야 했다. 내 방으로 가는데 청소기 소리가 들렸다.

홀로그램 자판에 손가락을 얹었다. 머릿속으로 내용을 정리하고 자판을 치기 시작했다.

"아, 조선을 위해 해야 할 일이 많건만……."

이토 공이 향년 91세로 영면할 때 마지막으로 남긴 말이다. 눈을 감지 못해 그의 장남이 감겨주었다는 말도 전해진다. 그만큼 조선을 사랑했다는 증거이다.

그에 대한 평가는 엇갈린다. 어떤 이는 "살아서는 수만 가지 욕을 듣고, 죽어서는 신(神)이 되어 한 가지 욕도 듣지 않았다."로, 혹자는 "뼛속까지 조선인이고자 했던 일본인", "동양과 세계를 위해 헌신한 평화주의자"로 평가했다. 또한 "미개한 조선에 문명과 개화를 정착시키기 위해 노력한 시대의 선구자"라고 하기도 했다.

하지만 테러리스트 안중근의 흉탄에 부상을 입었을 때 내지와 반도의 반응은 "반일(反日)의 광견에게 물린 이토 공", "공명정대한 지도 아래 조선의 부국을 기획했건만", "조선의 대은인인 이토 공을 테러한 것은 은혜를 원수로 갚는 행위", "독사 같은 족속에 의한 배은망덕의 극치" 등으로 비슷했다. 이토 공이 조선의 발전과 번영을 위해 얼마나 헌신했는가를 짐작할 수 있는 표현들이다.

이런 평가들을 보면서 한 가지 가정을 해보았다.

어리석은 흉폭자 안중근이 쏜 총탄에 이토 공이 서거했으면 어떻게 되었을까.

이번 과제는 이 질문으로부터 시작된다. 여기 하얀 종이에 그려진 동그라미가 있다. 이 동그라미를 강조하는 방법은 뭘까. 동그라미 안을 칠하거나 밖을 칠하는 것이다. 그러므로 역으로, 이토 공이 없는 조선을 가정해 보면 그의 업적이 얼마나 위대한 것인지 자연스럽게 확인될 것이다.

메이지 42년(1909년) 10월 26일, 오전 9시 30분경, 중국 하얼빈 역 구내에서 안중근이 이토 공을 향해 권총을 발사했다. 이토 공은 그 자리에서 즉사했다. 경천동지할 대사건이었다. 내지와 조선, 대만은 물론이고 세계 각국 공관에 마련된 분향소에는 비보를 접한 추모객들의 발길이 이어졌다. 국내외의 언론매체들도 일제히 추모 기사를 쏟아냈다. 이토 공의 정책을 비판하고 반대하던 정적들도 그의 순교자적인 죽음 앞에 조의를 표했다. 많은 사람들이 조선의 앞날에 대해 걱정했다. 군과 경찰은 긴밀한 공조하에 즉각 배후세력 색출에 들어갔다. 러시아 관할지역에서 벌어진 사건이어서 외교 문제로까지 비화될 조짐을 보였다.

여기까지 쓰고 멈췄다. 물을 마시고 와서 이토 공의 서거로 조선에서 계획 중이던 일들이 어떻게 무산되거나 수정되었는지 썼다. 그리고 그것들이 조선에 어떤 영향을 미쳤는지 써 내려갔다. 마지막 문장에 마침표를 찍었다. 정해진 분량에서 조금 모자라지만 아무리 쥐어짜도 더 쓸 게 없었다. 기지개를 켜면서 보니 새벽 1시가 넘었다. 자꾸 눈꺼풀이 내려왔다. 늘 닥쳐서야 책상 앞에 앉는 나는 인도 대설산에 산다는 한고조다. 밤새 추위에 떨며 날이 밝으면 꼭 집을 짓겠다고 마음먹다가도 해가 떠서 따뜻해지면 다짐 따위는 까맣게 잊는 상상의 새 말이다. 오늘도 한고조처럼 지키지 않을 결심을 하며 겨우 과제를 제출하고 나서 침대에 누웠다.

눈을 떴다. 아랫배가 묵직했다. 자기 전에 물을 마셨더니 방광이 꽉 찼다. 연신 하품이 나왔다. 눈도 잘 떠지지 않았다. 비척걸음을 옮기며 허리춤을 긁었다. 욕실문을 여는데 불빛이 쏟아져 나왔다. 이모가 거울을 통해 나를 보고 있었다. 잠이 확 달아났다. 이모도 당황했는지 고개를 돌렸다.

"미안, 이모."

허둥지둥 문을 닫고 나서야 뭔가 이상하다는 걸 깨달았다. 방금 나와 눈이 마주친 사람은 이모가 아니었다. 잠이 덜 깨서 잘못 봤나? 고개를 흔들어 잠을 쫓고 혼란스러운 머릿속도 가라앉혔다. 눈도 비볐다. 정신이 좀 돌아왔다. 그래도 결론은 달라지지 않았다. 분명 이모가 아니라 딴 사람이었다. 문을 다시 열어 확인할 수도 없고 답답했다.

잠시 뒤에 욕실문이 열렸다.

"노크도 없이 열면 어떡해."

나무라는 이모의 얼굴을 뚫어져라 보았다.

"내 얼굴에 뭐 묻었어?"

나는 말없이 고개를 저었다.

"그런데 왜 그렇게 빤히 봐?"

다시 고개를 흔들었다. 아무리 봐도 이모였다.

"잠이 덜 깨 한밤중이네, 한밤중. 어서 일 보고 가서 자."

이모가 내 엉덩이를 툭툭 쳤다. 나는 이모가 들어간 안방문을 멍하니 바라보다가 욕실로 들어갔다.

내 발표를 들은 역사 선생님은 질문을 퍼부었다. 이런 생각을 하게 된 배경과 이유, 그럼으로써 얻어지는 결과 등등. 그러면서 발상이 기발하고 참신하다고 칭찬을 아끼지 않았다. 내가 주목받을 만한 과제물을 제출한 건 학교에서도 감시당하는지 알아보기 위해서였다. 그러니까 내 존재를 감추기보다는 아예 드러내버리는 역발상이었다. 적어도 감시자가 역사 선생님이 아니란 것은 밝혀졌다. 감시자라면 개별 면담을 통해 좀 더 구체적으로 내 의도를 알아내고자 했을 것이다. 단체생활을 하는 학교에서는 감시하지 않을지도 모른다. 뭘 하든 눈에 쉽게 띌 테니까. 만약 감시자가 있다면 오늘 발표한 내용에 대해 어떤 식으로든 문제를 삼을 것이다. 나는 느긋하게 기다리면 된다.

스쿨버스에서 내려 터덜터덜 걷다가 골목 어귀에서 이모를 만났다. 빠르게 걸어 간격을 좁힌 다음 와락 팔짱을 꼈다.

"이모!"

흠칫 놀란 이모의 얼굴을 보는 순간 당황했다. 이모가 아니었다.

"아, 죄송합니다. 이모인 줄 알고……."

나는 말끝을 흐렸다. 왼손을 들어 얼굴을 만지던 여자가 어색하게 웃었다. 여자와 같은 방향으로 갈 수 없어 몸을 돌렸다. 좀 걷다가 고개를 돌렸다. 여자가 발을 재게 놀리고 있었다. 어쩌면 저렇게 똑같지? 머리 모양과 걸음걸이, 키와 몸집, 옷차림, 심지어 왼손잡이인 것까지. 내 잘못이 아니었다. 내 입장이라면 누구라도 저지를 실수였다. 그렇게 위안을 삼으려 해도 얼굴이 자꾸 화끈거렸다. 여자와 마주칠지 몰라 좀 돌아서 집에 도착했다.

이모는 내일 있을 세미나에서 발표할 원고를 정리하느라 다른 날보다 늦게 왔다.

"오셨어요?"

"저녁 먹었어?"

"예, 오늘 이모랑 똑같은 사람 봤어요."

"똑같은 사람이 어디 있어. 비슷한 사람이겠지."

이모가 자켓을 벗으며 대수롭지 않게 말했다.

"정말 똑같았다니까요."

"얼마나 똑같았는데 그래?"

"얼굴만 빼고 전부요."

"에이."

이모는 믿지 않았다.

"옷을 이모랑 똑같이 입었어요. 게다가 걸음걸이, 키, 왼손잡이인 것까지 전부 다 똑같았다니까요."

답답한 마음에 나도 모르게 목소리가 커졌다.

"이 세상 어딘가엔 나랑 똑같은 사람이 있다더니 괜한 말이 아닌가 보네."

나는 심각한데 이모는 심드렁하기만 했다. 호응이 없으니까 맥이 빠졌다. 이게 경험을 하고, 하지 않고의 차이인가? 이모는 씻더니 피곤하다며 안방으로 들어갔다.

자기 전까지 대체역사 영화를 보았다. 엄마가 지정해준 것들은 이미 다 끝냈지만 심리치료를 빙자한 기억 스캔은 매주 계속될 것이기 때문이다. 대체역사물을 많이 접할수록 현실과 가상의 경계는 더욱 흐릿해질 것이다. 사실 재미있기도 했다. 이 장르의 매력을 뒤늦게 안 게 억울할 지경이었다. 이토 공에 대해 쓴 역사 과제도 대체역사물의 구성에서 힌트를 얻었다.

10

단말기에서 비상알람이 울렸다. 좀체 없는 일이다. 복지 담당 선생의 호출이었다. 전달사항이 있으면 보통은 쉬는 시간을 이용한다. 비상알람이, 그것도 수업 시간에 온 것만 봐도 예사롭지 않았다. 조용히 뒷문으로 나와 복지실로 갔다. 무슨 일일까 싶어 머릿속이 복잡했다. 궁금증을 해소하기 위해 발걸음을 빨리했다. 창가에 서 있는 복지 선생의 얼굴이 어두웠다. 좋지 않은 일임을 직감했다. 아니, 수업 시간에 비상알람이 울렸을 때부터 불길함은 예정돼 있었다.

"병원에서 연락이 왔는데…… 이모가 돌아가셨다는구나."

그리 긴 문장도 아닌데 말뜻이 선뜻 이해되지 않았다. 복지 선생에게 눈길을 둔 채 머릿속으로 글자 하나하나를 해독하듯 되새겼다. 복지 선생이 내 눈길을 피했다.

"아침까지도 멀쩡하셨는데요?"

차분하게 되물었다. 그럴 수밖에 없었다. 다른 아이에게 전달될

말을 내가 들은 거니까. 이모는 누구에게나 있다. 나의 이모, 야스모토 하루카는 다른 도시에서 열리는 세미나에 참석한다며 평소보다 일찍 집을 나섰다.

"교통사고라는구나. 고속도로에서 대형트럭에 변을 당한 모양이다. 어서 가보렴. 영생병원이다."

구체적인 병원 이름을 듣자 이모의 죽음이 갑자기 현실로 다가왔다. 머릿속이 텅 비고 눈앞이 하얘졌다.

"괜찮니?"

복지 선생의 목소리가 아주 먼 곳에서 들렸다. 내 어깨를 잡은 복지 선생의 손이 느껴졌다. 내가 휘청한 모양이다.

복지 선생이 불러준 택시를 탔다. 도심 풍경이 빠르게 뒤로 밀려났다. 하지만 차창 너머로 멍하니 둔 내 눈은 고장 난 스캐너처럼 아무것도 읽어 들이지 못했다. 그러다 다급하게 소리쳤다.

"잠깐만요!"

그 여자, 며칠 전에 봤던 그 여자였다. 비슷한 장소였다. 신기한 일이었다. 다른 건 눈에 들어오지 않는데 그 여자만 보인 건. 택시기사가 급브레이크를 밟으며 무슨 일이냐고 투덜댔다. 잠시만 기다려 달라고 말한 나는 도로를 무단 횡단했다. 차들이 경적을 신경질적으로 울려댔다. 여자는 회색 바지에 청록색 티 차림이었다.

"엄마!"

호칭이 마땅치 않아 그렇게 불렀다. 힐끗 돌아본 여자는 그대로 걸어갔다. 계속 불렀지만 돌아보지 않았다. 여자는 걸음이 빨랐다. 여자의 뒷모습이 사람들에게 가려 보였다 안 보였다 했다. 쇼핑가와 금융가, 식당가가 모여 있어 늘 사람들로 붐비는 곳이었다. 여자가 도시와 도시를 연결하는 광역전철역 쪽으로 방향을 바꿨다. 내 앞에 가던 남자가 갑자기 뒤돌아서는 바람에 부딪히고 말았다. 남자가 들고 있던 음료수가 쏟아졌다.

"죄송합니다."

나는 사과를 하면서도 눈으로 여자를 좇았다. 여자가 광역전철역으로 통하는 계단을 내려가고 있었다.

"조심해야지. 가만, 너 조센징이냐?"

전통의상을 입은 남자가 혀를 차다가 물었다.

"예……."

나도 모르게 목소리가 기어들어 갔다.

"내 그럴 줄 알았어. 조센징들은 뭘 해도 하등시민 표가 난단 말이야. 잘못을 빌려면 제대로 해야지 그 태도가 뭐냔 말이다!"

남자가 경멸 어린 표정을 지었다. 눈길을 딴 데 두고 사과하는 모습이 건성으로 비쳤나 보다. 하등시민은 삼등시민을 지칭하는 다른 표현 중의 하나였다.

"죄송합니다."

나는 허리를 구십 도로 꺾었다. 사람들이 힐끗거리며 지나갔다. 창피하고 억울했다. 사과는 내가 받아야 옳았다. 거리에서 음료수를 들고 다니는 행위는 금지돼 있었다. 실수는 누구나 하는 거라고, 조센징이 무슨 상관이냐고 항변하고 싶지만 참았다. 기분을 더 상하게 했다간 무슨 봉변을 당할지 몰랐다. 얼마 전에도 자동차 추돌사고 때문에 일본인과 조선인 사이에 시비가 붙은 사건이 있었다.

일본인의 잘못으로 일어난 사고였음에도 일방적으로 폭행당한 조선인은 의식불명에 빠졌다.

"에이, 재수 없으려니까."

"죄송합니다."

나는 거듭 머리를 조아렸다.

"앞으론 조심해!"

남자가 연신 혀를 찼다. 나는 남자가 사라질 때까지 고개를 숙이고 있었다.

사람들을 밀치며 나아갔다. 광역전철 승강장을 뛰어다니며 샅샅이 살폈다. 건너편 승강장과 환승통로까지 뒤졌지만 여자는 어디에도 없었다. 한 손으로 벽을 짚고 숨을 골랐다. 허탈감에 사로잡혀 돌아서는 발길이 무거웠다. 택시는 시동을 건 채 기다리고 있었다.

"죄송합니다."

택시기사에게 정중히 사과했다. 못마땅한 표정으로 룸미러를 힐끗 본 택시기사는 아무 말도 하지 않았다.

"야스모토 하루카 씨가 맞습니까?"

나는 고개를 주억거렸다. 이모는 부패방지용 투명보관함에 누워 있었다. 이마와 볼에 옅은 핏자국이 남아 있고, 살짝 찡그린 얼굴이었다. 왼쪽 머리가 심하게 함몰되었다. 아마도 그게 사망 원인일 것 같았다. 흰 가운을 입은 남자가 단말기에 사인하라고 했다. 이모의 주검 앞에서 나는 철저하게 방관자였다. 내가 할 수 있는 건 고작 수십 톤에 이르는 트럭과 충돌했는데도 시신 상태가 비교적 양호하다고 안도하는 거였다.

장례는 전통예법에 따라 조촐하고 신속하게 치러졌다. 사회복지사와 학교 복지 선생, 담임선생과 반 아이들 몇 명이 찾아주었다. 이모에겐 친척이 없었다. 외조부모는 일찍 돌아가셨다. 엄마와 이모는 입양으로 맺어진 자매였다.

이모의 유골은 조선인 납골당에 안치되었다. 장례를 끝까지 지켜본 사회복지사가 보호시설 입소를 권했지만 거절했다. 나는 이모의 법적인 상속자였다. 엄마와 이모가 남긴 재산도 있고, 상당한 액수의 보험금도 나에게 지급될 예정이었다. 혼자라는 고립감이 두렵거나 힘들지는 않았다. 항상 내 곁에 있을 거라는 엄마의 말 때문이었다. 무엇보다 마무리해야 할 일이 있었다. 거듭 내 의사를 확인한 사회복지사가 단말기를 내 앞으로 밀어놓았다. 나는 건성으로 읽고 나서 확인란에 사인했다. 사회복지사가 시키는 대로 사인을 몇 번 더 하자 서류처리가 끝났다. 정부에서 부여한 내 사회보장번호는 JUB-74-19043이었다. 이틀마다 부식이 배달되고, 이 주일에 한 번 사회복지사가 방문한다고 했다. 정부에서 주는 생활보조비는 상속받은 재산 규모에 따라 차등 지급될 거라고 했다. 이모의 이번 달치 급여와 퇴직금은 처리 경비를 제외한 나머지가 두 달 안에 내 통장에 입금되고, 이에 따르는 모든 행정 절차는 정부로부터 권한을 부여받은 사회복지사가 대신한다고 했다.

"고맙습니다."

나는 의자에서 일어나 고개를 숙였다.

"힘들겠지만 꼭 들러야 할 데가 있단다."

사회복지사가 따라 일어났다.
"어딘데요?"
"가 보면 안단다."

사회복지사가 차를 어느 건물 앞에 세웠다. 보안국이었다. 갑자기 가슴이 세게 뛰었다. 차가 이쪽으로 방향을 잡았을 때부터 막연히 자라난 두려움이 어느새 마음속을 꽉 채웠다. 과거로 갔던 걸 눈치챈 건가? 그건 아니었다. 그랬다면 이렇게 조용한 방법으로 데려오진 않았을 것이다. 대체 뭐지?

"여긴가……요?"

사회복지사가 고개를 끄덕였다.

"소환인가요?"

"걱정 말아라. 나한테 데려오라고 한 걸 보면 소환은 아닌 거 같구나."

사회복지사는 17층으로 가라는 말을 남기고 떠났다. 소환이 아니라니 우선은 마음이 놓였다. 말로만 들었지 이렇게 가까이에서 보기는 처음이었다. 보안국 건물은 주위의 사무용 건물들처럼 평범했다. 그래서 더 두려웠다. 다른 식물들과 섞여 있다가 곤충을 잡아먹는 식충식물처럼 생각돼서.

11

자동문을 통과하자 넓은 로비가 나왔다. 안내 데스크도, 안내원도 없었다. 텅 빈 로비를 가로질러 엘리베이터가 있는 곳으로 갔다. 고속 엘리베이터는 순식간에 17층에 도착했다.

"따라오세요."

엘리베이터 앞에 젊은 여자가 기다리고 있었다. 내 신분을 확인하는 절차는 없었다. 절도 있는 구두 소리가 복도에 울렸다. 여자가 진회색 투피스를 입은 데다 벽과 천장도 온통 회색이어서 요술의 집에 들어온 것처럼 비현실적이었다. 여자가 어느 출입문 앞에 섰다. 자동문이 열렸다. 안내한 여자가 잠깐 웃어 보이곤 왔던 길로 돌아갔다. 실내는 바깥보다 조금 옅은 회색으로 칠해져 있었다.

중앙에 긴 회의용 탁자가 놓여 있었다. 탁자 안으로 들어가 있는 의자들은 한 치의 흐트러짐도 없었다. 화분이나 그림 같은 장식물이 없었다. 정서적인 분위기를 전혀 고려하지 않은 인테리어였다.

창문은 실내와 같은 색으로 가려져 있었다. 이 공간이 정말 회의실이라면 한눈팔 데가 없어 집중은 잘 될 것 같았다. 어정쩡하게 서 있는데 뒤에서 목소리가 들렸다.

"아무 데나 앉아라."

언제 들어왔는지 양복을 입은 노인이 걸어와 내가 서 있는 맞은편에 앉았다.

"이모가 돌아가셔서 힘들겠구나."

복화술사처럼 입술을 거의 움직이지 않고 말하는 양복 노인은 주름이 많았다. 내 상황을 잘 알고 하는 말이어서 굳이 대답하지 않았다. 양복 노인이 내 침묵의 의미를 안다는 듯 고개를 끄덕였다. 무표정해서 생각을 읽을 수는 없었다.

"꼭 해줄 말이 있어서 불렀다."

나를 건너다보던 양복 노인이 창가로 갔다. 유리창에 검지를 대자 창문이 밝아지며 바깥 풍경이 드러났다. 체온을 감지한 센서가 스크린을 걷은 것이다. 뒷짐을 진 양복 노인이 창 너머로 눈길을 주다가 나를 손짓해 불렀다. 양복 노인 옆에 섰다. 높고 낮은 건물들과 반듯하게 구획된 시가지가 펼쳐져 있었다. 양복 노인이 눈길을 창밖에 둔 채 입을 열었다.

"눈에 보이는 게 전부 거짓이라고 생각해본 적 있니? 홀로그램이나 시뮬레이션처럼 말이다"

나는 질문의 의도를 몰라 잠자코 있었다.

"여기 빵이 있다고 가정해보자. 만져지고 냄새도 나고 맛도 느껴지는데 진짜가 아니라면 어떻겠느냐는 말이다."

대답을 들으려고 한 게 아니었는지 양복 노인이 말을 이었다.
"혹시 네가 백신이라면 어떤 기분이겠니?"
백신? 소학교 때 내가 휴머노이드나 안드로이드가 아닐까 하고 상상한 적은 있었다.
"저길 보거라."
양복 노인이 가리킨 곳을 보았다. 하늘을 향해 치솟은 주상복합형 건물들이 시야를 막고 있었다. 일등시민이 거주하는 신도시 구역인 A-7 중에서도 부유층이나 특권층이 사는 곳이었다.
"너무 삭막하고 답답하지 않니?"
역시 내 대답을 듣지 않은 양복 노인이 유리창에 댄 검지를 오른쪽으로 옮겼다. 미쓰비시 자동차 지점 건물이 검지가 움직인 만큼 이동했다.
"난 이쯤에 공원이 있었으면 했지."
양복 노인이 건물 사이에 폭이 좁은 타원형을 그렸다. 그러자 작은 공원이 나타났다. 양복 노인이 세로로 그은 선들은 나무와 가로등, 가로로 그은 선들은 벤치와 운동기구가 되었다.
"잔디가 너무 파란가?"
양복 노인이 혼잣말을 하며 공원을 두 번 터치했다. 그때마다 공원의 잔디 색깔이 옅어졌다. 양복 노인의 입가에 흡족한 미소가 떠올랐다. 나는 양복 노인에게 방금 본 것에 대해 해명을 요구하는 눈빛을 보냈다. 양복 노인이 자리로 돌아갔다. 나도 따라가 자리에 앉았다. 깍지 낀 손을 탁자 위에 올려놓은 양복 노인이 천천히 입을 열었다.

“지금부터 잘 들어라. 넌…… 이 세계에 오류가 생기는 걸 방지하기 위해 개발된 백신이다. 네 눈에 보이는 이 모두가 정교하게 구현된 이미지일 뿐이다. 아니, 현실과 똑같다고 보면 된다. 백신의 활동을 관찰하기 위해 만든 일종의 세트지. 연극 무대 같은 거라고 생각하면 된다. 넌 아주 특별한 백신이지. 네 관리번호는 JUB-74-19043. 중간의 74는 네가 특별 관리 대상임을 나타낸다.”

JUB-74-19043. 내 사회보장번호였다. 그러니까 야스모토 류타가 아니라 JUB-74-19043이라고? 방금 전 보았던 구름, 태양, 건물, 자동차, 도로, 가로수가 진짜가 아니라고? 이 탁자, 공기, 회색 벽이 가짜라고? 어이가 없었다. 농담이라고 여기기엔 양복 노인의 표정이 너무 진지했다. 충격이 컸지만 오히려 마음은 차분했다. 믿기지가 않아서였다. 양복 노인을 뚫어지게 쳐다보았다. 그럼 당신은?

“나?”

양복 노인이 검지로 자기 가슴을 가리켰다. 나는 속마음을 들켜 움찔했다. 양복 노인이 말을 이었다.

“나는 인간이다. 아바타를 통해 가상공간에 들어온 거지. 하지만 넌 엔도 아키라 박사가 야심차게 기획한 프로젝트의 산물이다. 너희는 다른 백신과는 달리 아주 정교하게 설계되었다. 자부심을 가져도 좋다.”

“너희라면…….”

“너와 네 엄마 말이다. 방금 말했잖니. 보통 백신과는 다르다고. 너희는 자손을 만들 수 있을 뿐만 아니라 나름대로의 방식으로 진화도 가능하도록 프로그래밍되었다. 꼭 그래서 특별하다는 건 아니다. 판단과 추측 같은 종합적인 사고로 독자적인 활동이 가능할 뿐 아니라 창의력과 상상력도 지니고 있다. 잘 때 꿈도 꾸고, 대화할 때 농담도 하지. 인간과 똑같다고 보면 된다. 지금은 시험 단계라 시행착오가 있지만 곧 오류가 잡히면 완벽해질 거다."

오른손을 멍하니 바라보다 손등을 꼬집었다. 아프다.

"물론 육체적, 정신적인 고통까지도 인간과 똑같이 느낀다."

내 행동의 의도를 간파한 양복 노인이 덧붙였다.

"이제껏 감춰왔던 비밀을 왜 말씀하시는 거죠?"

나도 모르게 따지는 말투가 되었다. 양복 노인의 눈썹이 잠깐 미세하게 꿈틀거렸다. 손자뻘 되는 아이가 범한 무례 때문인지, 말하기 어려운 무언가를 털어놔야 하는 것에 대한 부담감 때문인지 나로선 판단이 되지 않았다. 한참 만에 대답이 돌아왔다.

"실은 시험 과정에서 결함이 발견되었다. 인간으로 치면 정신분열이나 해리성 기억상실쯤 될까? 네 엄마가 이 오류에 노출되었어. 그래서 자기 좌표를 잃고 미아가 된 거다. 그러나 걱정 마라. 네 엄마를 설계한 엔도 박사팀이 예측 가능한 모든 상황을 고려해 대비책을 마련하고 있다. 우린 네가 학습프로그램에 접속했을 때 엄마를 만난 것도 오류의 하나라고 보고 있다. 월요일마다 네 머리를 스캔하는 것도 이런 이유에서였다. 혹시 네게 이전과 다른 일이 일어나면 즉각 알려야 된다. 수집된 데이터가 많을수록 오류의 원인을 빨리 밝혀낼 테니까 말이다. 모든 열쇠는 네 엄마가 쥐고 있다. 네 엄마만 찾으면 모든 게 해결될 거다."

이모의 죽음에, 백신이라는 말까지 보태져 머릿속이 복잡했다. 자리에서 일어났다. 양복 노인은 붙잡지 않았다. 출입문을 나서자 현기증이 일었다. 복도 벽에 등을 기대고 눈을 감았다. 나는 쓰게 웃으며 엔도 박사에게 경의를 표했다. 이런 불편함이나 불쾌감까지도 철저하게 인간을 흉내내 만들다니.

좌표를 잃은 미아…….

그렇다면 광역전철역 근처에서 본 여자는 엄마가 맞단 말인가. 양복 노인의 말대로라면 그럴 가능성이 높았다. 여자는 정신을 놓고 헤매는 모습이었으니까.

현기증이 가시자 막연하던 충격이 구체적이고 분명하게 다가오기 시작했다. 어렸을 때 들었다면 더 나았을까. 머릿속에 자의식이 자리 잡기 전, 그만큼 말랑말랑한 머리가 무엇이든 다 받아들일 준비가 돼 있었다면 더 쉽게 적응이 되었을까. 딱딱하고 차가운 벽이 등에서 느껴졌다. 돌아서서 힘껏 주먹을 뻗었다. 뼈가 벽과 부딪치는 둔탁한 소리가 났다. 피부가 벗겨진 손이 쓰리고 아팠다. 혀로 피를 핥았다. 비릿한 맛이 났다. 이 생생한 통증과 맛이 프로그래밍된 것이라니.

양복 노인의 말이 사실이라면, 엄마는 버그가 돼 홀로 방황하고 있었다. 다른 가정도 할 수 있다. 스스로 진화하여 프로그램의 통제권을 이탈한 건 아닐까? 지금으로선 어떤 상황인지 알 수 없다. 중요한 건 이것이다. 나는 엄마라는 제1세대 백신에서 번식한 제2세대 백신이라는 것.

전송기계에 대해 말해야 하나?

버그가 됐건, 진화했건 엄마가 모종의 일을 꾸미고 있는 건 아닐까? 그래서 지금 말하면 미리 막을 수 있는데, 입을 다물고 있어 엄청난 혼란을 초래하는 건 아닐까.

하지만 결론을 내리는 데는 오래 걸리지 않았다. 엄마는 아무도 믿지 말라고 했다. 엄마 말을 따르기로 했다. 그 다음이 어떻게 전개될지는 나도 모른다. 뒤늦게 내 선택이 잘못되었다는 걸 깨달아도 후회하지 않으리라. 그 결정은 어디까지나 내 자유의지로 한 거니까. 엄마를 믿으니까. 나는 백신이므로 '나'라는 인칭대명사로 부르는 것 자체가 모순이다. 하지만 나는 나다.

보안국 건물에서 왼쪽으로 돌았다. 고층빌딩에 둘러싸인 공원은 아늑했다. 멀리로 보안국 건물이 보였다. 정장 차림의 남녀와 개를 데리고 나온 노인이 산책을 하고 있었다. 몇몇은 잔디밭에 엎드리거나 누워 일광욕을 즐겼다. 샌드위치를 먹기도 했다. 나뭇결을 그대로 살린 벤치는 긁힌 자국 하나 없었다. 청동 재질의 가로등이나 산책로에 박아둔 넓적한 돌은 반질반질 윤이 났다. 모두 새것이었다. 단말기를 켜서 이 근처를 스카이 뷰로 보았다. 스카이 뷰가 마지막 업데이트된 일주일 전에는 이 공원이 없었다.

정말 양복 노인이 이 공원을 만들었단 말이야?

주위를 둘러보다 피식 웃고 말았다. 양복 노인의 말에 따르면 의심하는 내 사고행위도 인간과 똑같이 프로그래밍되었기 때문에 가능한 거였다.

12

현관문을 열자 이전과 다른 냄새가 나를 감쌌다. 외로움, 혹은 쓸쓸함의 냄새. 사람을 무기력하게 만드는 냄새였다. 뻥 뚫린 가슴으로 찬바람이 지나가는 느낌이었다. 그건 단순히 추운 것과는 달랐다. 두렵기도 하고 절망적이기도 했다. 몸은 피곤한데 잠은 오지 않았다.

이렇게 느낌이 생생한데 백신이라니…….

음악을 켜고 볼륨을 한껏 높였다. 배가 고팠다. 이모가 없다는 상실감에 백신이라는 말을 들은 충격이 허기로 나타나는 건가? 냉장고에서 요구르트와 식빵 다섯 조각, 치즈 네 조각, 사과 한 개를 꺼냈다. 햄과 계란도 있지만 조리하는 게 귀찮았다. 식빵에 치즈를 얹어 조금씩 잘라 입에 넣었다. 꾸역꾸역 삼키는데 눈물이 핑 돌더니 그만 식빵이 목에 걸렸다. 주먹으로 가슴을 두드리며 요구르트를 마셨다. 이모의 빈자리가 새삼 실감되었다. 오늘따라 엄마가 더 보고 싶었다. 식탁에 차려진 음식들을 억지로 먹어치웠다. 그런데 포만감을 감지하는 신경이 망가졌는지 먹어도 허기가 졌다. 냉장고에서 음식을 더 꺼내 먹었다가 결국엔 꺽꺽 트림을 해대며 소화제를 먹었다.

눈을 떴다. 소파에 누워 팔짱을 낀 채 웅크리고 있었다. 내 생체리듬을 읽은 센서가 실내온도를 적정하게 맞췄을 텐데도 어깨가 선득했다. 감기 기운이었다. 온도를 조금 높였다.

"이모?"

대답이 없었다. 다시 부르려다 깨달았다. 이모가 있었다면 소파에서 자게 두지도 않았을 것이다. 누운 채로 고개를 들었다. 모든 게 그 자리에, 그대로다. 이모만 없을 뿐이지만 마음은 허전하기 이를 데 없었다.

창문이 희부옜다. 다른 날 같으면 단잠에 빠져 있을 시간이었다. 머리가 아프고 목구멍이 부었다. 심해진 감기 기운 때문에 입맛이 없다. 이모가 있었다면 내가 좋아하는 전복죽을 쒀주었을 테지만 이제 돌봐줄 사람이 없었다. 역사를 바로잡아야 한다. 내 몸은 나만의 것이 아니다. 독한 마음이 생겼다. 무거운 몸을 일으켜 잡곡밥을 지어 반찬과 함께 억지로 욱여넣었다. 입이 깔깔해서 모래를 씹는 것 같았다. 배가 고프면 더 슬퍼질 것 같아 밥알 하나 남기지 않았다. 반찬도 다 먹었다. 이젠 음식물 쓰레기도 내가 치워야 하니까.

나는 되도록 이모가 있을 때와 같은 상태를 유지하려고 애썼다. 끼니도 신경 써서 챙겨 먹었다. 정부에서 제공하는 부식 외에도 지역 자원봉사자들이 밑반찬과 국을 갖다줘 먹는 건 걱정 없었다. 학교생활 역시 달라진 게 없었다. 의례적인 위로의 말을 건넨 담임선생과 아이들은 일상으로 돌아갔다. 슬픔과 외로움은 오로지 내 몫이었다.

과거로 전송되는 순간에는 뼈마디가 어긋나고 근육이 틀어지는 고통이 뒤따른다. 그래도 주말이 기다려지는 건 어쩔 수 없었다. 그건 아무도 풀지 못하는 수학문제를 접했을 때와 같은 기분이었다. 실패에 대한 두려움과 성공에 대한 기대가 뒤섞인 묘한 긴장 상태. 주말을 향해가는 내 마음속 시계는 한없이 느리게 갔다. 그래도 시간은 흘렀다.

드디어 주말이다.

엄마가 정리한 자료에 따르면 항공모함 류조가 속한 제2기동대는 5월 26일에 오미나토 항구를 출발했다. 항공모함이 출항하면 대규모로 이루어진 함대의 호위를 받는다. 그러므로 류조의 자체 경비는 항구에서보단 해상이 느슨할 것이다.

가야 할 시간과 장소를 입력했다.

쇼와 17년(1942년) 6월 3일 오전 3시. 알류샨 열도 더치 하버 남방 892킬로미터 해상, 항공모함 류조

전송 버튼을 누르려다 멈칫했다. 귀환영역에 들어가야만 현재로 돌아올 수 있었다. 하지만 항공모함으로 전송되면 나는 귀환영역을 영영 찾을 수 없게 된다. 항공모함이 계속 움직이기 때문이다. 각주

구검이 떠올랐다. 중국 초나라 사람이 배 밖으로 칼을 떨어뜨렸는데, 나중에 찾으려고 배가 움직이는 것도 생각지 않고 배 바닥에 표시를 했다는 고사성어 말이다. 엄마의 말을 듣지 않았다가 하마터면 시간 속의 미아가 될 뻔했다. 생각만 해도 뒷골이 서늘했다. 다시 입력했다.

쇼와 17년(1942년) 5월 21일 오후 11시 30분. 아오모리 현 오미나토 항구, 항공모함 류조

류조의 비행갑판 중간쯤이었다. 전송된 곳에 표시를 했다. 뱃전을 스치는 파도 소리가 들려왔다. 거대한 항공모함이어서 흔들림은 거의 느껴지지 않았다. 바람에 갯비린내가 실려왔다. 부두엔 크고 작은 전함들이 정박해 있었다. 소총을 어깨에 멘 경비병들이 불침번을 서고 있었다. 출항 며칠 전이어선지 항구는 정적에 잠겨 있었다. 류조는 다른 항공모함과 달리 함교 없이 비행갑판만 있는 구조였다. 굴뚝도 측면으로 나 있어 비행갑판엔 거대한 안테나 네 개만 우뚝 솟아 있었다. 원래 다른 용도로 건조된 전함을 항공모함으로 개조하느라 무게중심이 위로 쏠려 구조물들을 아래쪽에 배치한 거라고 했다.

자세를 낮춰 비행갑판 가장자리에 있는 계단을 내려갔다. 군데군데에 무기들이 거치돼 있었다. 어두운 격납고에는 차지하는 면적을 줄이기 위해 날개 끝을 접은 전투기들이 정렬돼 있었다. 머리가 아플 정도로 기름 냄새가 심했다. 수직 꼬리날개에 쓰인 숫자를 살피기 시작했다. 좀처럼 찾아지지 않아 속이 탔다. 한참을 헤맨 끝에

D1-108을 찾았다. 에어드라이버를 들고 날개 아래로 들어갔다. 덮개를 고정한 나사를 하나씩 풀었다. 에어드라이버의 작동 소음은 크지 않지만 인기척에 신경을 쓰느라 작업이 더뎠다. 이윽고 두랄루민 재질로 된 덮개를 여는 데 성공했다.

에어드라이버를 드릴 모드로 바꿨다. 연료탱크에 적당한 간격으로 흠집 다섯 개를 만들었다. 이 정도면 포탄이 터지는 충격으로도 구멍이 뚫릴 것이다. 제로센은 연료가 새면 자동으로 막아주는 장치가 없다. 연료가 새면 연료가 부족할 것이고, 그러면 류조로 귀환하지 못할 것이다. 물론 대공포나 기관총에 직접 맞으면 좋지만, 그러지 않을 경우를 위한 대비책이었다. 고가 다다요시에게는 미안하다. 개인적인 감정은 없다. 죽어야 할 고가 다다요시를 보안국이 전송기계를 이용해 살린 것이다. 고가 다다요시가 일본을 위해 출격한 것처럼 나 또한 조선의 해방을 위해 내 일을 할 뿐이다. 덮개를 제자리에 고정시켰다.

계단을 올라가다 반사적으로 몸을 낮췄다. 복도에서 소리 죽여 흐느끼는 소리가 들렸다. 소리 나는 쪽을 살폈다. 희미한 전등 아래에 두 사람이 서 있었다.

"네 마음 잘 안다. 그만 울어라, 마사키."

키 큰 사람이 위로하듯 말했다. 자상하면서도 위엄 있는 목소리였다.

"죄송합니다, 대위님."

울음을 수습하지 못한 마사키는 앳된 얼굴이었다.

"마음이 착잡하고 울적하기는 나도 마찬가지다."

"출격하면…… 돌아올 수 있을까요?"

"그런 건 생각하지 마라."

대위가 마사키의 어깨를 토닥였다.

"더 해줄 말이 없어 나도 답답하구나. 무슨 말을 해도 위로가 되지 않을 테니까."

"대위님은 무섭지 않으십니까?"

"나라고 왜 무섭지 않겠나. 그렇지만 견뎌야 한다. 그래야 가족들을 만나지. 그것만 생각해라."

대위가 말끝에 무거운 한숨을 토해냈다.

"어머니가 보고 싶어요……."

콧물을 들이켠 마사키가 조그맣게 중얼거렸다. 대위가 대답 대신 마사키의 어깨를 두드렸다. 두 사람은 계단을 내려갔다.

두 사람이 떠난 자리를 바라보았다. 내가 알고 있는 것과 너무 달랐다. 사무라이 정신으로 무장한 천황의 군대는 명령이 떨어지면 두려움도, 망설임도 없이 적진으로 돌진했다. 적에게 포로가 되는 건 치욕이라 여긴 병사들은 자결을 택했다. 병사들은 자진하여 특별공격대●를 결성해 전투기로 연합군의 항공모함이나 함정에 몸체 공격을 감행하거나 오카●, 신요●, 가이텐●, 가이류●, 후쿠류●에 들어

● 특별공격대 : 흔히 가미카제특공대로 알려져 있다.
● 오카 : 자폭공격용 미사일.
● 신요 : 자폭공격용 모터보트.
● 가이텐 : 자폭공격용 어뢰.
● 가이류 : 자폭공격용 잠수함.
● 후쿠류 : 자폭공격용 잠수복.

간 채 장렬하게 전사했다. 각 부대의 지휘관들이 목숨을 함부로 버리지 말라는 명령을 하달했지만 병사들의 우국충정을 꺾을 순 없었다. 역사 시간에 이렇게 배웠지만 이것 역시 다 거짓이었다. 귀환영역으로 돌아와 귀환장치를 작동시켰다.

세상은 그대로였다. 연료탱크에 흠집을 만드는 소극적인 방법으론 안 되는 건가? 적극적인 방법이 뭘까를 생각하고 나서 가야 할 시간과 장소를 입력했다.

쇼와 17년(1942년) 6월 4일 오후 5시 30분. 알류샨 열도 더치 하버, 미군 해안수비대 진지

폭탄 터지는 소리와 총소리가 요란했다. 저공으로 날며 기관총을 쏴대는 일본기의 엔진소리가 고막을 찢을 듯 날카로웠다. 미군들의 고함 소리도 들렸다. 그리 멀지 않은 곳에서 파손된 트럭이 불타고 있었다. 여기저기 미군 병사들이 쓰러져 있고, 탄약상자도 어지럽게 널려 있었다. 멀리서 폭탄이 터지며 불기둥과 함께 검은 연기가 치솟았다. 부상당한 미군 병사들이 도와달라고 소리쳤다. 적십자 마크가 그려진 철모를 쓴 위생병과 들것을 든 병사들이 이리저리 뛰어다녔다.

항공모함 류조와 준요에서 발진한 전투기와 폭격기 들의 더치 하버 공격이 시작된 뒤였다. 끔찍한 광경에 온몸이 사정없이 떨렸다. 주먹을 꼭 쥐었지만 주먹까지 떨렸다. 심호흡을 하고 나서 몸을 숨길 곳을 찾는 내 눈에 가장자리를 따라 모래주머니를 쌓은 참호가 들어왔다. 그쪽을 향해 달렸다. 참호 안에도 미군들이 피를 흘리며 쓰러져 있었다. 모두 숨을 쉬지 않았다.

"미안합니다."

하사관 계급장을 단 미군 목에서 쌍안경을 벗겨내 접안렌즈를 내 눈에 맞게 조절했다. 일본기들의 속도가 빨라 수직 꼬리날개에 쓰인 숫자를 읽을 수가 없었다.

조금 떨어진 곳에 기관포 총구가 허공을 향하고 있었다. 쌍안경을 목에 걸고 뛰어갔다. 그곳에도 미군들이 널브러져 있었다. 기관포 손잡이를 잡았다. 너무 무거워 겨우 들어올렸다. 가상현실 게임에선 많이 해봤지만 실제로 총을 쏘는 건 처음이었다. 손잡이가 손에 익지 않아 여러 번 고쳐 잡은 다음 방아쇠를 당겼다. 기관포에서 쏟아져 나온 탄피가 바닥에 떨어졌다. 총알이 발사되는 진동에 온몸이 떨렸다. 이가 덜거덕거리고 손바닥도 얼얼했다. 일단 쏘는 법을 터득한 나는 쌍안경을 눈에 갖다 댔다. 빠르게 날아다니는 일본기 중에서 D1-108을 찾는 건 무리였다. 쌍안경을 놓고 가늠자에 들어오는 일본기들을 향해 방아쇠를 당겼다. 기관포를 쏘는 진동과 따로 놀던 내 몸이 차츰 리듬을 탔다.

얼마나 쏴 댔을까. 일본기 한 대가 검은 연기를 뿜으며 바다 쪽으로 날아가는 게 보였다. 쌍안경을 얼른 눈에 댔다.

세상에!

눈으로 보면서도 믿기지 않았다. D1-108이었다. 다시 정신없이 쏴 댔지만 D1-108은 순식간에 시야를 벗어났다. 기진맥진한 나는 털썩 주저앉았다. 바닥에 수북이 쌓인 탄피가 따뜻했다. 귀가 먹먹하고 손목과 어깻죽지가 아팠다. 내가 할 일은 다 했다. 내가 쏜 기관포에 맞았는지는 알 수 없지만 어쨌거나 여기로 온 건 잘한 선택이었다. D1-108에서 연기가 나는 걸 내 눈으로 봤으니까.

참호에서 나와 허리를 숙이고 뛰었다. 일본기들의 공격은 계속되고 있었다. 귀환영역에 도착해 귀환장치를 꺼내는데 뭔가가 어깨를 찔렀다. 고개를 돌리던 나는 까무러칠 뻔했다. 거대한 체구의 미군이 소총을 겨누고 있었다. 손등이 황금색 털로 덮여 있었다. 철모를 쓰지 않은 머리도 금발이었다. 눈동자가 파랬다. 파편이 스쳤는지 왼쪽 뺨에서 피가 흘렀다. 미군은 화난 표정으로 손을 들라고 연신 외쳤다. 두 손을 치켜들고 손짓 발짓을 섞어가며 어설픈 영어로 당신들을 도와주러 왔다고 말했다. 미군이 곁눈질로 하늘을 힐끗힐끗 살필 때는 두려움이, 나를 볼 때는 적대감이 가득했다. 금방이라도 총구에서 불을 뿜을 것 같아 정신없이 지껄여대던 나는 퍼뜩 깨달았다. 미군에게 나는 일본인일 뿐이란 걸. 그때 멀지 않은 곳에서 엄청난 폭발음이 들렸다. 나는 무릎을 꿇은 자세로 몸을 숙였다. 미군도 납작 엎드렸다. 그때를 놓치지 않고 귀환 버튼을 눌렀다.

13

현재로 돌아왔다. 세상은 변하지 않았다. 너무 지쳐서 실망할 기운조차 남아 있지 않았다. 더 이상 전송되는 건 무리였다. 몸이 갑옷을 입은 것처럼 무겁고 욱신거렸다. 뼈마디는 연골을 제거한 것처럼 버석거렸다. 대충 씻고 당직실에서 잠들었다가 알람소리에 겨우 눈을 떠 경비원과 교대했다. 비몽사몽인 상태로 집까지 와서 침대에 고꾸라졌다.

소리가 들렸다. 그 소리는 끈질기게 내 의식 속으로 파고들었다. 눈을 떴다. 캄캄했다. 눈을 떴다고 생각했지만 눈꺼풀은 여전히 감긴 채였다. 의식과 행동이 따로 놀았다. 잠을 방해한 건 단말기 벨소리였다. 눈을 감은 채 머리맡을 더듬었다. 몇 번이나 헛손질한 끝에 단말기를 집어 들었다. 눈꺼풀을 겨우 밀어 올렸다. 화면에 검은색 정장 차림의 젊은 여자가 떠 있었다.

"여보세요?"

"안녕하세요, 보안국입니다."

잠이 확 달아나 후다닥 몸을 일으켰다.

"소환입니다. 한 시간 뒤에 보안국 17층으로 와주시기 바랍니다."

"예."

기어들어가는 목소리로 겨우 대답했다. 용건만 전달하고 전화가 끊겼다. 정중하고 상냥한 목소리인데도 주눅이 들었다. 사회복지사를 따라 보안국에 갔을 때와는 달랐다. 이번엔 정식 소환인 것이다. 왜? 순식간에 다양한 가능성이 끝도 없이 행렬을 지어섰다. 앞에서부터 몇 개를 지워나가던 나는 곧 머리를 내저었다. 쓸데없는 짓이었다. 가보면 자연히 알게 될 거였다. 기지개를 켰다. 피로가 덜 풀려 머리가 흐리터분한 데다 몸은 뻐근했다. 크게 기지개를 켜며 욕실로 갔다.

저번에 봤던 젊은 여자의 안내를 받아 양복 노인을 만났던 방으로 갔다. 양복 노인은 정면에, 그 오른쪽에 머리카락이 온통 흰 노인이 앉아 있었다. 나는 두 사람의 중간쯤에다 어정쩡하게 고개를 숙였다.

"이리 오너라."

양복 노인이 말했다. 여전히 입술이 거의 움직이지 않았다. 나는 양복 노인이 지정해준 자리, 그러니까 흰머리 노인의 맞은편에 앉았다.

"JUB-74-19043, 잘 지냈느냐?"

양복 노인이 물었다.

"예."

내 이름이 아니라 사회보장번호, 아니 관리번호로 부르는데도 거부감은 없었다.

"우리 악수 한번 할까?"

양복 노인이 내민 손을 잡았다. 악수의 의미를 몰라 머릿속이 복잡했다.

"잘해주었다."

"……."

"편히 앉아도 된다."

별로 그러고 싶지 않지만 의자등받이에 등허리를 붙였다. 쓸데없는 말을 줄여야 여기로 부른 이유를 조금이라도 빨리 듣게 될 거였다.

"인사드려라."

양복 노인이 흰머리 노인을 향해 정중하게 손짓했다. 머리만 흴 뿐 나이는 양복 노인이 훨씬 많을 것 같은데도 깍듯했다. 그렇다면 지위가 높거나 상대하기 어려운 사람이라는 뜻이었다.

"안녕하세요, 야스모토 류타입니다."

나는 일어나 다시 고개를 숙였다. 흰머리 노인이 고개를 보일 듯 말 듯 끄덕였다. 표정 변화가 거의 없었다. 무심결에 관리번호가 아니라 이름을 말했는데도 지적하는 사람은 없었다.

"이분이 누구신지 알겠느냐?"

모른다고 하려는데 양복 노인이 앞질러 말했다.

"너희를 개발한 엔도 아키라 박사님이시다."

"아, 예."

엔도 박사는 미동도 하지 않았다. 눈을 깜빡이지 않았다면 사람 크기의 인형인 줄 알았을 것이다.

"그동안 수고했다."

엔도 박사가 느릿느릿 말했다. 가래가 끓고 탁한 목소리였다. 나는 뭐라고 해야 할지 몰라 잠자코 있었다. 엔도 박사가 말을 이었다.

"이제 네 임무는 여기서 끝이다."

"예……?"

나는 무슨 말인지 몰라 당황스러웠다.

"임무를 훌륭히 완수했다는 말이다. 잘해주었다. 네 엄마와 네 덕분에 오류의 원인에 한걸음 더 접근할 수 있었다. 너희를 개발한 보람이 있어 나도 뿌듯하구나, 고맙다."

뭐가 어떻게 됐는지 몰라도 문제가 잘 해결된 것 같았다.

"이제 저희는 어떻게 되는 건가요?"

"평범한 일상으로 돌아가면 된다."

엔도 박사에게 물었는데 양복 노인이 대답했다.

"평범한 일상이라면……."

양복 노인에게로 고개를 돌렸다.

"말 그대로 평범하게 사는 거지. 임무를 완수한 다른 백신들처럼 먹고, 자고, 공부하고, 어른이 되고, 직장 다니고, 결혼하고, 뭐 그런 것들 말이다."

내 임무가 뭐였는지 궁금했으나 묻진 않았다. 개발자가 그렇다면 그런 거였다. 양복 노인의 다음 말을 기다렸다.

"네가 임무를 완수한 것에 주어지는 보상이다. 이제부터 그 보상을 맘껏 누리면 된다. 한 가지 보상이 더 있다. 스크린 걷지."

양복 노인이 누군가에게 지시했다. 양복 노인과 엔도 박사 뒤의 벽이 투명해지며 건너편 방이 드러났다. 의자에 앉아 있는 사람을 보는 순간 나는 벌떡 일어났다. 동시에 내 입에서 비명 같은 외침이 터져 나왔다.

"엄마!"

달려가서 유리를 두드렸다. 내 목소리가 들리지 않는 듯 엄마는 내 쪽만 응시하고 있었다. 나는 안타까운 눈빛으로 양복 노인을 돌아보았다.

"진정해라. 네가 받을 충격을 줄이려고 먼저 보여준 거니까. 오류가 생겨 떠돌고 있는 걸 어렵게 찾았다. 그동안 무얼 하고 지냈는지 물어도 통 기억을 못 하는구나. 너에 대한 기억을 복구하느라 아주 애를 먹었다."

그랬구나. 광역전철역 근처에서 본 사람은 엄마였다. 옷은 달라졌어도 머리 모양은 그대로였다. 엄마는 불안한 표정으로 주위를 두리번거렸다. 스크린이 닫히자 엄마도 사라졌다.

"언제 만날 수 있죠?"

"지금."

양복 노인이 대답하자 곧이어 출입문이 열렸다. 한 남자가 엄마를 데리고 들어왔다.

"엄마……."

목이 메어 말이 나오지 않았다.

"그래, 네 엄마다."

양복 노인이 확인해주듯 말했다.

"류타……."

엄마가 떨리는 목소리로 입을 열었다. 낯선 사람의 이름을 부르듯 조심스럽고 어눌했다. 엄마의 눈언저리가 붉어지더니 이내 눈물이 고였다. 나를 향해 쳐든 손끝이 부들부들 떨렸다. 엄마는 상기된 얼굴로 말을 잇지 못했다.

"어서 가보렴."

양복 노인이 내 등을 밀었다.

"엄마."

나는 앵무새처럼 같은 말을 반복했다. 머릿속에서 너무나 많은 말이 소용돌이쳤지만 정작 입 밖으로 나온 건 겨우 그 단어였다.

"류타……, 엄마란다."

다가와 내 뺨을 어루만지던 엄마가 어느 순간 나를 와락 껴안았다. 나는 엄마의 어깨가 다 젖을 때까지 눈물을 흘렸다. 엄마는 내 등을 쓸며 괜찮다고 되뇌었다. 얼마나 지났을까. 차츰 격한 감정이 잦아들었다. 그런데 너무 오랜만에 만나서일까. 엄마가 낯설었다. 엄마라면 모름지기 이러이러한 걸 갖춰야 한다면, 그 구성 요소 중에 중요한 뭔가가 빠진 느낌이었다. 바로 엄마의 체취였다. 엄마의 체취를 말로 표현할 수는 없다. 하지만 내 몸이 분명히 기억하고 있었다.

엄마에게서 떨어졌다. 창백한 피부, 쌍꺼풀 진 눈, 콧방울이 큰 코, 보기 흉하지 않을 만큼 솟은 광대뼈, 도톰한 입술. 외모는 엄마가 맞았다. 그런데 꼭 집어서 말한 순 없지만 뭔가가 이상했다. 빤히 보는 내 눈길을 의식한 엄마는 약간 당황한 얼굴이었다. 엄마가 다시 나를 안았다. 코를 벌름거려 엄마의 체취를 맡으려 애썼지만 실패했다. 나는 몸을 비틀어 엄마의 품을 벗어났다.

"제 열한 번째 생일 때 주신 선물이 뭐였죠?"

"……."

"소학교에 입학해서 집에 처음 데려온 친구는요?"

"……."

엄마는 기억력이 정확한 사람이었다. 당연히 알고 있어야 하는 것들이었다. 엄마가 난처한 기색으로 양복 노인을 보았다. 양복 노인이 끼어들었다.

"말하지 않았니, 네 엄마의 기억에 오류가 생겼다고. 그러지 않아도 힘들 테니까 그런 건 묻지 않는 게 좋겠구나."

"엄마라니까."

엄마가 내 손을 잡으려고 했다. 나는 한 발 물러났다.

"류타가 왜 이러죠?"

엄마가 낮게 한숨짓더니 두 노인을 번갈아 보았다.

"자네도 잘 알지 않나. JUB-74-19043에게도 작은 결함이 발견되었네. 그리 큰 문제는 아니니 걱정 말게나."

엔도 박사가 말했다.

"그래도 그렇지. 어떻게 엄마를 못 알아볼……."

엄마는 감정이 북받치는지 말을 잇지 못했다. 엄마의 말은 틀렸다. 못 알아보는 게 아니니까.

"걱정 말게. 부분적인 오류 말고 다른 기능들은 다 정상이니까. 그리고 머지않아 복구될 수 있다고 하니까."
이번엔 양복 노인이 말했다.
"그게 언제죠?"
"언제라고 장담할 순 없지만, 전문가들의 의견이니까 믿을 만하다네. 너무 상심하지 말게나. 단순한 프로그래밍상의 오류부터 번식 과정에서 발생한 유전적 결함까지 원인 규명을 위해 다각도로 노력 중이니까. 우리도 최선을 다 하고 있다네. 오류를 발견한 것만도 큰 진전이니까 곧 좋은 소식이 있을 거야."
엄마가 따지듯 묻자 양복 노인이 대답했다.
"오류가 생긴 건 저 하나만으로도 족한데, 류타까지……."
"너무 걱정 말게나. 자네도 차츰 복구되고 있지 않은가."
양복 노인이 엄마의 어깨를 두드렸다. 엄마가 두 손으로 얼굴을 감싸더니 애절하고 구슬프게 울었다. 진짜 엄마가 아니고선 절대 흉내낼 수 없는 울음이었다. 나는 마음이 흔들렸다. 5년은 짧지 않은 시간이다. 엄마는 생활환경이 바뀐 채 살았다. 엄마의 체취도 바뀌었을지 몰랐다.
"이리 오너라……."
엄마가 울음을 삼키며 두 손을 내밀었다. 얼굴이 눈물범벅이었다. 내가 틀릴 수도 있었다. 이끌리듯 엄마에게로 다가갔다. 나를 안은 엄마가 다시 흐느끼기 시작했다. 과거로 가서 만난 엄마에게선 어떤 체취가 났더라? 불과 며칠 전인데도 기억이 가물가물했다. 그랬다. 기억은 믿을 게 못 된다. 어쩌면 내게 오류가 생겨 엄마에 대한 기억이 손상되었는지도.

어정쩡한 자세로 엄마에게 몸을 내맡겨두었다. 엄마가 내 허리에 두른 팔에 힘을 주었다. 나도 엄마를 안았다.

"자, 류타, 이젠 엄마도 있으니까 말해보아라. 엄마가 맡긴 거 어디 있니?"

등 뒤에서 양복 노인의 목소리가 들려왔다.

"류타, 말해도 괜찮아. 엄마는 부분적으로 기억을 잃어버렸어. 그래서 네게 맡긴 게 뭔지 기억나지 않는단다. 이건 아주 중요한 일이란다. 반드시 찾아야 돼. 그래야 이 프로젝트가 완성되고, 우리가 함께 살 수 있단다. 자, 말해보렴. 엄마가 맡긴 게 뭐였지?"

엄마가 나를 떼어놓았다. 울음 때문에 자주 말이 끊겼다. 나는 대답하지 못하고 우물쭈물했다.

"괜찮다니까."

다정하게 내 어깨에 손을 올린 엄마의 눈빛에 슬픔인지 안타까움인지 모를 것이 실려 있었다. 말해, 홀가분하게 말해버려. 내 안에서 누군가가 외쳤다. 안 돼, 절대로. 다른 누군가가 소리쳤다. 두 외침 사이에서 갈팡질팡하다가 단호하게 말했다.

"없어요, 그런 거."

"정말이니?"

양복 노인이 물었다.

"예."

나는 강하게 고개를 끄덕였다. 무슨 말을 더 하려고 입술을 달싹이던 엄마가 양복 노인을 돌아보았다.

"그래, 네 말을 믿도록 하마. 그런데 어쩌지? 엄마는 당분간 연구소에 머물러야 할 거 같구나. 너랑 지내면 감정에 혼란이 생겨 오류의 원인을 찾아내는 데 방해가 될 수도 있거든. 그때까지 혼자 지낼 수 있겠지?"

양복 노인이 말했다.

"언제까지요?"

"그리 오래 걸리진 않을 거다."

"통화는 해도 돼요?"

"조금만 참으렴. 5년도 기다렸잖니. 엄마에게 혼란을 줄수록 다시 만날 날이 멀어질 뿐이다. 이렇게 너랑 엄마를 만나게 하는 것에 대해서도 의견이 분분했지만 내가 이 자리를 적극 추진했다. 물론 네 엄마가 널 보면 기억을 되찾지 않을까 하는 기대감도 있었지만 말이다."

양복 노인은 다른 뜻이 있었다는 걸 굳이 감추지 않았다. 내가 엄마를 만난 것에 다른 이유가 있다고 해도 상관없었다. 엄마를 만난 사실이 바뀌는 게 아니니까. 오늘은 엄마를 만난 걸로 만족해야 했다. 나를 한 번 더 안았다 놓은 엄마는 남자를 따라가며 계속 나를 돌아보았다. 출입문이 닫히기 전에 마지막으로 돌아보고는 활짝 웃으며 손을 흔들었다. 나도 손을 흔들어주었다.

14

버스 승강장에 앉아 지나가는 차들을 바라보았다. 버스가 도착할 때마다 사람들이 타거나 내렸다. 집으로 가는 버스를 몇 대나 보냈다. 엄마가 웃던 모습이 떠올랐다. 잠적하기 전의 과거로 가서 만났을 때 냉정하리만치 침착하던 모습과는 대조적이었다. 5년은 한 사람의 성격을 바꿀 만큼 긴 시간일까? 아니, 진짜 엄마일까? 모든 정황이 진짜 엄마라고 말하지만 의혹은 쉽사리 가시지 않았다. 하지만 엔도 박사와 양복 노인의 말처럼 나에게 오류가 생긴 거라면? 그래서 내 기억이 엄마의 체취를 왜곡한 거라면? 엄마의 체취가 처음부터 없었던 거라면? 머리를 흔들어 생각들을 털어내는데 메시지가 도착했다는 알람이 울렸다.

야스모토 류타 군은 오늘부로 우주항공박물관 야간경비직에서 해고되었음을 알려드립니다. 정부의 운영비 절감 지침에 따라 취해진 인력 감축에 귀하가 포함된 걸 유감으로 생각합니다. 임금은 통장으로 입금될 것입니다. 그동안 애써주셔서 감사드립니다. 본인의 물건은 오늘 내로 정리해주시기 바랍니다.

우주항공박물관장 명의로 된 해고 통보였다. 당황스러웠다. 아르바이트 자리가 아쉬울 건 없지만 아직 안중근이 남았다. 해고되면 우주항공박물관 출입이 차단될 터였다. 힘들어도 오늘 새벽에 안중근까지 해결해야 했는데……. 고개를 저었다. 후회보다는 대책이 필요했다. 방법이 없을까? 하지만 머릿속은 자원이 고갈된 폐광처럼 텅 비었다. 거기에 대고 열심히 곡괭이질을 해봤자 나올 건 흙과 돌뿐이었다. 버스 승강장을 나와 집을 향해 걸었다. 이럴 땐 머리를 비우는 것도 하나의 방법이었다. 저리 가, 너랑 안 놀 거야, 하고 거리를 두다 보면 의외의 곳에서 해결책이 찾아지기도 했다. 조금 걷자 패티 익히는 냄새가 코를 자극했다. 급하게 나오느라 아침을 걸렀더니 배에서 꼬르륵 소리가 났다.

패스트푸드점에서 햄버거 세트를 시켰다. 창가 자리에 앉아 천천히 다 먹었다. 배가 부른 데다 따사로운 햇볕을 쬐고 있자니 졸음이 솔솔 몰려왔다. 머리를 흔들어 정신을 차렸다. 이 와중에도 졸리다니 쓴웃음이 나왔다. 머리를 세게 쥐어박고 싶었다. 일어나려고 뒷정리를 하는데 햄버거 포장지가 눈에 들어왔다. 20년 전 출시될 당시의 디자인 그대로여서 세련미와는 거리가 멀었다. 중년 이후의 고객들에게 인기가 있어 계속 판매되는 제품이었다. 이모와 내가 좋아하는 메뉴였다. 주기적으로 새로운 메뉴가 나오지만 우리는 이 메뉴만 고집했다. 내가 아주 어릴 때부터였다. 하지만 함께 살게 된

후론 혼자만 먹으러 다녔다. 이모가 입맛이 변해 패스트푸드를 멀리했기 때문이었다. 이모는 엄마보다 덜 엄격한 편이어서 내가 무척 따랐다. 우리는 죽이 잘 맞아 이모는 어디든 나를 데리고 다녔다. 당직 근무 때엔 사무실에도 데리고 다닐 정도였다. 그 순간 먼지를 켜켜이 쓰고 있던 기억 하나가 불쑥 모습을 드러냈다.

이모와 함께 갔던 통로!

곧장 택시를 타고 우주항공박물관으로 갔다. 세면도구를 챙기고 직원들과 작별인사를 했다. 해고 대상자는 나를 포함해 3명, 경비와 안내 인력으로 모두 비정규직이었다. 인력을 줄이는 대신 첨단 무인경비시스템을 설치한다고 했다.

우주항공박물관 뒤쪽으로 조금만 가면 강이 나왔다. 편의상 강이라 부르지만 바다와 만나는 하구여서 갯내가 풍겼다. 바람이 시원하게 불어왔다. 야구 모자를 쓴 여자가 유모차를 밀고 지나갔다. 운동복 차림의 노부부가 강가를 따라 만들어진 산책길을 뛰어갔다. 우주항공박물관에서 강까지의 거리는 어림잡아 100여 미터. 강가를 거닐면서 통로의 위치를 어림해보았다.

우주항공박물관의 본관은 원래 조선은행 군산지점으로 사용되던 건물이었다. 통로는 은행 설계도에도 있던 것으로, 유사시에 예금을 옮기기 위한 비상구라고 들었다. 그래서 늘 모터보트가 대기하고 있었다고. 소학교 2학년 때인가, 우주항공박물관에 따라간 나에게 이모가 신기한 걸 보여주겠다며 통로로 데려갔다. 휴관일이어서 다른 직원은 없었다. 어느 방으로 들어가 장식장을 치우자 철문이 드러났다. 그 철문을 열자 시커먼 아가리를 벌린 공간이 나타났다.

눅눅한 곰팡이 냄새 섞인 서늘한 공기가 내 몸을 덮쳐왔다. 으스스한 느낌이 들어 이모의 옷자락을 잡았다. 내 손을 잡고 통로를 걷던 이모는 어디쯤에선가 한 번 더 문을 열었다. 조금 더 걷자 앞쪽에서 환한 빛이 들어왔다. 우리는 쇠창살문 너머로 강이 보이는 곳에서 멈췄다.

철문이 있던 방이 어디인지는 기억나지 않지만 통로는 내 발 아래 어딘가를 지나고 있었다. 정문을 통과하지 않고 우주항공박물관에 들어가는 방법은 이 통로뿐이었다. 유사시엔 비상구로 사용한다고 했으니 폐쇄되지는 않았을 것이다. 아니, 폐쇄되지 않았길 바랄 뿐이다.

추락방지를 위해 만든 플라스틱 구조물에 두 손을 얹었다. 강 건너편으로 장항이 보였다. 그중에서 10층짜리 건물. 통로에서 저 건물을 봤었다. 그러니까 통로 입구는 이 근처였다. 구조물 바깥으로 몸을 내밀어 재빠르게 아래를 살폈다. 역시나 조금 왼쪽에 있는 쇠창살문이 보였다. 역시 폐쇄되지 않았다. 고수부지 바닥까지는 뛰어내려도 될 만한 높이였다. 올라올 땐 돌 몇 개를 쌓아서 디디면 될 거였다. 누군가가 다가오고 있었다. 나는 얼른 팔을 들어 스트레칭을 했다. 사람들이 힐끔거리며 지나갔다. 가만있으면 그냥 지나갔을 텐데, 쓸데없는 행동을 해서 눈길을 끌고 말았다. 나는 그들과 반대편으로 걸었다.

단말기로 시간을 확인했다. 오후 9시 45분. 내 방 창문으로 나왔다. 현관문으로 출입하면 자동기록에 흔적이 남았다. 벽에 붙어 주변의 동태를 살피고 나서 울타리를 넘었다. 후드를 뒤집어썼다. 인적이 끊긴 밤길은 괴괴한 정적에 싸여 있었다. 거리에 설치된 감시카메라를 무력화시키기 위해 전파교란기를 켰다.

우주항공박물관은 깊은 잠에 빠져 있었다. 불빛 한 점 새어 나오지 않는다. 적외선고글을 썼다. 시야가 밝아졌다. 고수부지로 뛰어내리다 중심을 잃어 손으로 땅을 짚었다. 손을 털며 배낭을 추슬렀다.

쇠창살문은 두 사람이 겨우 드나들 만한 너비였다. 어렸을 때는 아주 넓어 보였다. 안에서 흘러나오는 퀴퀴한 냄새가 코를 자극했다. 안쪽에 매달린 구식 자물쇠는 거짓말을 조금 보태 내 머리통만 했다. 만능열쇠를 꽂았다. 정보를 읽느라 희미하게 진동하던 만능열쇠가 멈추자 자물쇠가 찰칵하며 열렸다.

발을 내디딜 때마다 바닥에서 먼지가 피어올랐다. 안쪽으로 들어갈수록 공기가 탁해졌다. 손바닥으로 코를 막았다. 갑자기 나타난 벽이 앞을 막았다. 중앙에 회색으로 칠한 철문이 있었다. 손잡이 아래의 자물쇠는 쉽게 열렸지만 철문은 뻑뻑해서 애를 먹었다. 한참 실랑이를 한 끝에 연 철문은 두께가 3센티는 넘을 듯했다. 청소용구, 각목, 나무판자, 공구 같은 허드레 물건을 보관하는 창고가 나타났다. 이모와 함께 왔을 때와 달리 방의 용도가 바뀌었다. 내부구조가 바뀌었는지 통로에 있던 철문 하나도 없어졌다. 창고 문을 열어 복도에 사람이 없다는 걸 확인하고도 선뜻 나가지 못했다. 계속 해온 일이지만 들어온 방법이 바뀌었다고 무척 망설여졌다. 잠시 뒤에 살며시 발을 내밀었다. 한 발을 떼기가 어려웠지 움직이기 시작하자 망설임과 두려움이 사라졌다.

조종석에 앉았다. 전원을 넣지 않아 캄캄했다. 에놀라 게이와 고가 다다요시는 실패했다. 안중근은 성공할 수 있을까? 어둠 속에 혼자 있자니 실패할지도 모른다는 불안감과 함께 지독한 외로움이 몸 구석구석을 파고들었다. 곁에 누군가 있다면 지금의 내 감정을 하소연하고 싶었다. 엄마에겐 연락할 방법이 없었다. 아침마다 나를 깨우던 이모의 목소리를 듣고 싶었다. 아니, 얼굴이라도 보면 위로가 될 것 같았다. 잔소리마저 그리웠다. 그래, 살짝 보기만 하는 건 미래에 영향을 미치지 않을 거다.

이모는 사고 전날, 늦게까지 우주항공박물관에서 세미나 원고를 작성했다. 오후 11시 30분쯤 집에 왔으니까 오후 10시 30분쯤으로 가면 만날 수 있었다. 가까우니까 연료 소모도 적을 것이다.

가야 할 시간은 이모가 사고당하기 전날, 장소는 이곳.

고통이 거의 없었다. 나는 조종석에 그대로 앉아 있었다. 패널에 떠 있는 '전송 완료'가 아니라면 과거로 왔다는 사실을 모를 정도였다. 전송기계 밖으로 나왔다. 직원들이 퇴근한 우주항공박물관은 어둡고 조용했다. 경비원이 근무 중이긴 하지만 순찰 돌 시간이 아니었다. 통유리로 된 사무실에서 불빛이 흘러나왔다. 이모는 큐레이터여서 사무실을 혼자 사용했다. 뒤꿈치를 들고 걸어가 사무실 안을 훔쳐보았다. 모니터를 보며 뭔가를 입력하는 여자는 이모가 아니었다.

사무실이 바뀌었나?

고개를 들었다. 큐레이터실이라는 푯말은 그대로였다. 뒤에서 발짝 소리가 났다. 양복을 입은 두 사람이 이쪽으로 다가오고 있었다. 복도 모퉁이로 숨었다. 노크소리가 들렸다. 문이 아니라 두꺼운 유리를 두드릴 때 나는 둔탁한 소리였다. 벽 모서리로 눈을 살짝 내밀었다. 통유리에 얼굴을 바짝 붙인 남자가 익살스런 표정으로 안을 들여다보고 있었다. 다른 남자는 뒤에서 웃고 있었다.

"선배."

여자가 나오며 반갑게 맞았다. 조금 전엔 자세히 보지 못해 몰랐는데 가만, 저 얼굴, 어디선가 봤다.

"끝났어?"

장난치던 남자가 물었다.

"거의 다 됐어요. 들어와서 기다릴래요?"

"그럴까. 이쪽은 우리 팀에 합류한 마사오 군. 이번에 공채로 들어온 신참이야."

여자와 마사오라는 남자가 인사를 나누더니 세 사람은 사무실로 들어갔다. 어디서 봤더라? 집중하려니 자연 눈이 가늘게 떠졌다. 생각 날 듯하면서도 머릿속에서만 맴돌았다. 문을 닫아 말소리가 들리지 않았다. 가까이 가볼까도 했지만 모험을 하고 싶진 않았다. 얼마 뒤에 세 사람이 나왔다. 사무실 불이 꺼졌다.

"너무 성급한 결정 아닐까요?"

어둠 속에서 여자의 목소리가 들렸다.

"나도 회의적이긴 해. 하지만 위에선 우리 팀이 할 만큼 했다고 판단한 거겠지. 다른 팀에서도 프로젝트를 진행 중이라니까 두고 봐야지."

장난치던 남자의 목소리.

"제 실수 때문인가요? 오늘 낮에 집에만 들르지 않았어도……."

"꼭 그것 때문만은 아니니까 마음에 두지 마."

"다행이네요. 다른 프로젝트는 뭐죠?"

"아이가 자신을 백신이라고 믿게 만들어서 아이에게 맡긴 물건과 야스모토 박사의 소재를 알아내려고 하는 모양이야."

그 말을 듣는 순간 내 입에 종이 뭉치를 쑤셔 박은 것처럼 숨이 턱 막혔다. 오늘 낮에 집에 들렀다는 말을 들은 순간부터 뭔가가 잘못돼간다는 느낌이 들긴 했다. 귀를 쫑긋 세우며 소리 나는 쪽으로 몸을 더 기울였다.

"어디 가서 차라도 한 잔 할까요?"

"내일 오전까지 올려야 하는 중요한 보고서가 있어서. 잠깐 얼굴만 보려고 온 거야. 가자, 바래다줄 테니까."

"그래요, 이제 차는 언제든 마실 수 있으니까요."

"앞으론 네 얼굴만 볼 수 있어서 좋다."

"저두요. 내일부턴 야스모토 하루카가 아닌 이시이 유키로 돌아간다고 생각하니까 홀가분해요."

두 사람의 대화가 점점 멀어져갔다. 발소리가 사라지자 정적이 찾아들었다. 참았던 숨을 한꺼번에 내쉬었다. 여자의 목소리가 귓전에서 맴돌았다.

야스모토 하루카가 아닌 이시이 유키로 돌아가야죠.

순간 내 기억의 작살에 이모의 단말기에서 본 여자, 새벽에 욕실에서 본 여자, 골목 어귀에서 만난 여자, 방금 이모의 사무실에서 본 여자의 얼굴이 한꺼번에 꿰여 나왔다. 모두 같은 사람이었다. 사무실에 있던 여자가 머리를 묶고 있어 미처 몰랐는데, 풀면 이모와 같은 머리 모양이었다.

얼굴을 바꾸는 건 어렵지 않았다. 범죄에 악용되어 지금은 판매가 금지됐지만, 한때는 얼굴을 바꾸는 약물이 인기를 끌었다. 연인들의 깜짝 이벤트나 친구들끼리 골탕 먹이는 데 자주 사용되었다. 목소리도 얼굴 형태에 따라 바뀌었다. 하지만 약효가 짧다는 단점이 있었다. 욕실에서 본 여자와 골목 어귀에서 만났던 여자는 아마도 약효가 지났다는 걸 깜빡했던 것이리라. 이시이 유키가 말한 자신의 실수란 나에게 본래의 얼굴을 들킨 것이리라.

그러고 보니 장난치던 남자도 어디서 본 듯했다. 그 생각이 머리에서 채 사라지기도 전에 내 입에서 아, 하고 확신에 찬 탄성이 새어 나왔다. 이모의 단말기에서 봤던 남자! 볼에 약간 살이 붙고 머리를 길렀지만 같은 얼굴이었다. 그땐 사진 속 남자와 여자에만 집중하느라 놓쳤는데, 그들의 군복은 일반 군인들 것과는 달랐다. 인터넷에서 본 적이 있다. 그건 보안국 요원들의 훈련복이었다. 이모가 다른 남녀의 사진을 갖고 있었던 의문이 이제야 풀렸다. 그 남녀는 서로 좋아하는 사이였고, 여자는 이모 행세를 하며 나를 감시하던 보안국 요원 이시이 유키였다. 이런 말도 들은 기억이 났다. 보안국 내에서도 비밀리에 운영되는 부서에 속한 요원들은 임무에만 충실하려고 결혼도 하지 않는다는.

일등시민과 이등시민 아이들을 제치고 내가 우주항공박물관에서 일하게 된 것도 감시하려는 의도였을 것이다. 이모에게 여행을 안

가느냐고 묻자 갑자기 여행을 떠난 것도, 학습프로그램에서 엄마를 만난 것도 다 보안국에서 조작한 것이다. 가짜 이모라고 생각되자 함께 생활하면서 이상하다고 느꼈던 점들이 자연스럽게 풀렸다. 엄마에 대한 기억이 틀리거나 다른 경우가 있어도 기억력이 나쁘다고만 여겼지 다른 사람이 이모 행세를 하는 거라곤 꿈에도 생각지 못했다. 그렇게 좋아하던 햄버거를 딱 끊은 것도 진짜 이모가 아니었기 때문이었다. 엄마가 이모도 믿지 말라고 한 건 이런 경우를 예상한 대비책이었던 것이다.

그럼 진짜 이모는 어디 있는 거지? 영생병원에서 본 시체가 진짜 이모였을까?

지금으로선 보안국이 음모를 꾸미는 과정에서 죽었거나 어딘가에 붙잡혀 있을 거란 짐작만이 가능했다. 유리창을 터치해 건물의 위치를 바꾸고, 그 자리에 공원을 만들던 양복 노인이 떠올랐다. 공원까지 새로 만들어 속이려 한 보안국의 주도면밀함에 치가 떨렸다. 그렇다면 보안국에서 본 엄마도 당연히 가짜였다. 엄마와 만나게 해서 내게 혼란을 준 다음, 엄마가 준 물건을 찾으려 했던 것이다. 어쩐지 엄마의 체취가 나지 않더라니……. 하마터면 내가 백신이란 말을 믿을 뻔했다. 음모를 일삼는 보안국에 대한 반발심에서라도 꼭 역사를 바로잡고 싶었다. 현재로 돌아와 가야 할 시간과 장소를 입력했다.

15

메이지 42년(1909년) 10월 25일 오후 9시. 중국 하얼빈 레스나야 거리 28번지, 김성백 집 앞

길 양쪽으로 집들이 늘어선 주택가였다. 코끝이 시릴 만큼 추웠다. 거리는 문부과학성의 학습프로그램에서 본 그대로였다. 김성백의 집 창문으로 불빛이 새어 나왔다. 커튼 틈으로 안을 훔쳐보았다. 간단한 가재도구들만 있을 뿐 사람은 보이지 않았다. 사람들 눈에 띄면 도둑으로 오해를 받을 수도 있어 김성백의 집에서 멀찍이 떨어졌다. 안중근 사건에 연루된 공범들의 공판기록에 따르면 안중근은 거사 전날 오후 9시쯤 외출에서 돌아왔다. 안중근이 돌아올 시간이었다. 이따금씩 어깨를 잔뜩 웅크린 사람들이 지나갔다.

20분이 지난 듯했다. 입김으로 손을 녹였다. 온몸이 얼었다. 귀가 시간이 공판기록과 달랐다. 그래도 무작정 기다릴 수밖에 없었다. 발가락이 곱아 거리를 왔다 갔다 하는데 저쪽에서 한 남자가 다가

왔다. 도리우찌를 쓰고 외투에 두 손을 찌른 남자는 세운 외투 깃에 얼굴을 거의 묻었다. 심장이 뛰기 시작했다. 남자에게 다가갔다. 가로등 아래를 지날 때마다 남자의 얼굴이 드러났다. 학습프로그램에서 봤던 것처럼 험악한 얼굴이 아니었다. 턱에 칼자국도 없었다.

"저……."

부르려고 입을 벌렸을 때였다. 갑자기 세 사람이 골목에서 뛰쳐나와 안중근을 둘러쌌다. 안중근 앞에 선 사람은 권총, 다른 두 사람은 칼을 들었다. 안중근은 내일 하얼빈 역에서 죽는 걸로 돼 있으니 일본에서 보낸 암살자는 아니었다. 암살자라면 곧장 공격했을 것이다. 그럼 강도? 나는 벽에 붙으며 바지주머니 속의 전기충격기를 움켜잡았다.

"쮜치쇼유라이!"

권총을 든 강도가 중국어로 말했다. 안중근은 강도를 만났다는 것쯤은 본능적으로 알 텐데도 태연했다. 주변을 둘러보았다. 많이 늦은 시간은 아닌데 추워서인지 인적이 없었다. 하긴 도움을 청한다고 소리쳤다간 강도를 자극할 수도 있었다.

"손들어!"

권총을 든 강도가 이번엔 일본어로 말했다. 말이 통하지 않자 안중근을 일본인이라고 판단한 모양이었다.

"무슨 일이오?"

안중근이 손을 들면서 일본어로 물었다. 가까운 집에서 흘러나온 불빛에 그의 손이 드러났다. 왼손 넷째 손가락이 한 마디쯤 없었다.

"가진 거 다 내놔!"

"보다시피 누추한 옷을 걸친 사람이 뭐가 있겠소. 사람을 잘못 골랐소이다."

안중근은 여전히 침착했다.

"잔말 말고 어서!"

"뒤져보시오."

안중근이 손을 더 치켜들었다. 권총을 든 강도가 고갯짓을 하자 나머지 두 강도가 달려들었다. 안중근은 그때를 놓치지 않았다. 몸을 옆으로 빼는가 싶더니 외투주머니에서 권총을 꺼내 권총을 든 강도와 왼쪽의 강도에게 발사했다. 두 강도는 각각 허벅지를 싸쥐고 나뒹굴었다. 그사이에 나머지 강도가 안중근을 공격했다. 칼을 피한 안중근이 몸을 수습하는 동안 강도가 갑자기 나에게 달려들었다. 무방비로 있던 나는 순식간에 인질이 되었다.

"총 이리 던져. 안 그러면 이놈은 죽는다."

차가운 칼날이 목에 닿자 전율이 일었다. 몸을 빼려 했지만 굵은 팔뚝에 감겨 옴짝달싹할 수 없었다. 강도의 몸에선 역겨운 냄새가 났다. 안중근이 권총을 빼앗기면 큰일이었다. 안 된다고 소리치고 싶었지만 마음뿐이었다. 바짝 들이댄 칼날 때문에 숨쉬기조차 어려웠다.

"어서!"

강도가 칼을 쥔 손에 더 힘을 주었다. 안중근이 권총을 내려놓았다. 어디선가 호루라기 소리, 여러 사람이 뛰어오는 소리가 들려왔다. 강도가 총을 맞은 두 강도에게 중국어로 소리쳤다. 욕설을 섞어 일어나라고 말하는 것 같았다. 권총을 든 강도가 절룩거리며 일어나 권총 손잡이로 안중근의 뒷머리를 내리쳤다. 보복은 해야겠고, 총소리를 내면 위치가 발각될 것 같고, 그래서 선택한 방법 같았다. 안중근이 신음 소리를 흘리며 한쪽 무릎을 꿇었다. 다른 강도가 안중근의 권총을 집어 들었다. 세 사람은 재빨리 골목으로 사라졌다.

"괜찮으세요?"

안중근을 부축했다. 호루라기 소리가 가까워지고 있었다.

"어서 피하자."

안중근이 나를 골목 안으로 이끌었다. 강도를 당한 입장이지만 신분이 노출돼서 좋을 게 없을 터였다. 나 역시 마찬가지였다. 어두운 곳에 몸을 숨긴 안중근과 나는 숨을 죽였다. 소총을 든 러시아 군인들이 급히 지나갔다.

"고맙구나. 괜찮으냐?"

안중근이 물었다. 고통을 참느라 억눌린 목소리였다.

"전 괜찮아요. 많이 다치지 않으셨어요?"

뒷머리에 손을 댄 안중근이 고개를 끄덕였다.

"어디 봐요."

도리우찌 위로 맞아서 피가 나진 않았다. 그래도 쇠로 된 손잡이에 맞았으니 많이 아플 것이다. 그나저나 걱정이었다. 권총이 없으면 거사를 실행할 수 없었다. 초조하게 아랫입술을 잘근잘근 씹다가 좋은 생각이 떠올랐다.

"여기 잠깐만 계세요."

현재로 돌아왔다. 안중근이 강도를 만나기 전으로 가서 알려주려던 생각을 바꿨다. 강도를 피한다 해도 또 무슨 일이 기다리고 있는지 알 수 없었다. 안중근이 많이 다치지 않았으니 권총만 찾으면 거사를 완수하는 데는 문제가 없었다. 직원 사무실로 가서 컴퓨터 검색창에 '안중근 권총'을 쳤다. 화면에 여러 정보들이 떴다. 그중에 '안중근의 권총 상자'를 클릭했다. 제목 아래에 뚜껑이 열린 나무 상자의 사진과 함께 설명이 있었다.

권총을 보관했던 나무 상자는 뚜껑 안쪽에 영어로 'pistol'이라는 분류와 함께 테러리스트 안중근의 유물이라는 목록표가 붙어 있다. 이토 공의 수행원 중 한 사람이 이 상자를 마련한 것으로 추정된다. 뚜껑 바깥쪽에는 '안중근의 유물'이라 적어놓았다. 상자와 권총의 소유권은 전 남만주철도주식회사 총재 고토 신페이와 몇 명의 일본인 등 몇 차례 이전을 거쳐 쇼와 16년(1941년)에 만주제국● 국립중앙박물관 수장고로 옮겨졌다. 권총은 현재 어디로 사라졌는지 그 행방을 알 수 없다. 상자는 가로 30센티, 세로 20센티, 높이 12센티가량으로 겉면에는 문양이 새겨져 있다.

권총이 언제 사라졌는지 아무도 모른다? 상관없다. 쇼와 16년에 만주제국 국립중앙박물관 수장고로 옮겨졌다고 했으니까 그 즈음으로 가면 될 것이다. 권총을 보관했던 상자 뚜껑 안쪽의 목록표에 희미하게 9996이라는 보관번호가 찍혀 있었다. 정보는 이것만으로

● 쇼와 6년(1931년)에 중국이 일본을 선제공격하여 만주사변이 일어났다. 이 전쟁에서 승리한 일본이 청나라의 마지막 황제인 아이신기오로 푸이를 지원하여 쇼와 7년(1932년) 3월 1일, 만주지역에 세운 국가이다. 쇼와 20년(1945년)에는 만주제국 의회가 발의한 국민투표에서 전 국민의 92.3%가 동의하여 공식적인 일본의 식민지가 되었다.

도 충분했다. 어느 시간으로 갈지 잠시 생각하고 나서 자판을 쳤다.

쇼와 16년(1941년) 4월 2일 오전 4시 17분. 만주제국 국립중앙박물관

전송된 곳을 표시하고 적외선고글을 썼다. 전시실 유리 안쪽에 그림과 글씨, 도자기가 즐비했다. 푯말을 보니 중요하고 값어치가 나가는 유물을 보관하는 특별전시관이었다. 수장고로 들어가는 출입문을 찾기가 쉽지 않았다. 잠겨 있는 출입문을 일일이 열어 확인했다. 10분 정도를 헤맨 끝에 출입금지 표시가 붙은 문을 발견했다. 만능열쇠로 자물쇠를 열자 아래로 내려가는 계단이 나왔다. 서늘한 공기가 고여 있는 지하 입구에 육중한 철문이 버티고 있었다. 손잡이를 당겼다. 꿈쩍도 하지 않았다. 자물쇠가 세 개나 되었지만 만능열쇠 앞에선 착한 아이처럼 고분고분했다.

바닥부터 천장까지 설치된 나무선반 위에 갖가지 물건들이 놓여 있었다. 머릿속으로 권총이 든 상자를 떠올리며 열심히 찾았다. 수장고는 무척 넓었다. 무작정 찾아다니다 방법을 바꾸었다. 우선 내 앞에 있는 수장품의 보관번호를 확인했다. 그런 다음 그 왼쪽과 오른쪽의 보관번호를 보았다. 오른쪽으로 갈수록 숫자가 커졌다. 선반 몇 개를 돌자 유물이 어떻게 배열돼 있는지 대충 감이 잡혔다. 그야말로 없는 게 없었다. 627번은 중절모였다. 685번은 동그란 안경테, 731번은 구식 라이터였다.

보관번호를 확인하며 단숨에 9600번대가 붙은 선반을 찾았다.

9858……9936……9942……9979…… 찾았다!

권총 상자는 선반 맨 위에 놓여 있었다. 손을 뻗었다. 닿지 않았다. 까치발을 해도 조금 모자랐다. 선반 아래 칸을 딛고 올라서 권총 상자를 내렸다. 권총이 없으면 어쩌나 내심 걱정했는데, 상자가 묵직했다.

상자 크기와 겉면에 조각된 무늬가 인터넷에서 본 그대로였다. 상자 뚜껑을 열고 바닥에 얌전히 누운 권총을 꺼냈다. 총구가 화약 연기에 그을려 시커멨다. 파랗게 녹이 슬어 도저히 총알이 나갈 것 같지 않았다. 안중근이 이토 공을 저격하고 32년이 지났으니 그럴 만도 했다. 손잡이 안에서 분리한 탄창은 비어 있었다. 걱정할 필요가 없었다. 안중근에게 여분의 총알이 있을 테니까.

슬라이드를 젖혔다. 약실에 총알 한 발이 있었다. 총알을 손바닥에 올려놓았다. 단단한 금속 몸체에 살의를 숨긴 총알. 크기에 비해 묵직했다. 하긴 자그마한 금속덩어리가 살을 뚫고 들어가 뼈를 부수고 몸속의 장기를 망가뜨리려면 이 정도 무게는 있어야 할 것이다.

얌전히 있어라. 아직 네가 움직일 때가 아니야.

갓난아이를 어르듯 총알을 다시 넣었다. 빈 상자는 제자리에 올려 두었다.

권총을 바지주머니에 넣고 일어나다 뭔가가 재빨리 선반 뒤로 사라지는 걸 얼핏 본 것 같았다. 머리털이 쭈뼛 섰다.

긴장한 탓에 헛것을 봤나?

아니다. 손에 든 기다란 것까지 분명히 보았다. 황급히 전기충격기를 꺼내들었다. 무기를 손에 쥐자 마음이 든든했다. 입구를 향해 천천히 움직였다. 사방이 선반으로 둘러싸여 어디서 튀어나올지 몰랐다. 불안하니까 긴장감이 극에 달했다.

“웬 놈이냐?”

적외선고글을 고쳐 쓰는 순간 한 남자가 내 앞에 나타났다. 너무 놀라 비명을 지를 뻔했다. 쿵쾅거리는 가슴을 침을 삼켜 진정시켰다. 칼을 치켜든 남자는 자다 나왔는지 유카타 차림이었다. 삼십 대 중반이나 되었을까? 머리가 짧고 눈썹이 짙었다. 나를 탐색하느라 남자의 눈동자가 분주히 움직였다. 그러고 보니 시야가 더 밝아졌다. 적외선고글을 쓰고 있어 남자가 전등을 켠지도 몰랐다.

“여긴 어떻게 들어온 거야? 뭘 훔쳤지?”

“아무것도 훔치지 않았다.”

나는 굵직한 목소리를 냈다. 적외선고글이 내가 어리다는 걸 가려주리라 기대하며. 남자에게 얕잡아 보여서 좋을 게 없었다. 반말을 한 것도 그런 이유에서였다.

“좋은 말로 할 때 순순히 내놔. 안 그러면 여기서 살아 나가지 못해.”

유리 조각을 씹어 뱉는 듯한 목소리가 내 심장에 와 박혔다. 결코 호락호락한 상대가 아니었다. 남자가 칼을 고쳐 잡았다. 내가 직면한 사태의 심각성을 새삼 깨달았다. 깊은숨을 쉬며 가능한 상황들을 하나하나 떠올려 보았다. 정면대결로 승부한다……. 나를 향해 달려오던 남자가 헛디뎌 넘어진 틈을 타 달아난다……. 남자가 갑자기 내가 왜 여기 있지, 하는 표정으로 칼을 바닥에 버린다……. 얼토당토않은 생각들이 떠오를 때마다 머릿속에서 퀴즈문제를 틀렸을 때처럼 부저가 울렸다.

"어서 내놔!"

"안 돼요!"

나도 모르게 높임말이 튀어나왔다. 남자는 눈치채지 못한 것 같았다.

"할 수 없군."

나직이 내뱉은 남자가 칼을 더 높이 치켜들었다. 몇 발짝 물러난 나는 오른쪽으로 냅다 뛰었다. 하지만 얼마 가지 못해 진로를 차단당했다. 다시 왼쪽으로 달렸지만 또다시 가로막혔다. 마치 내 마음을 읽는 것 같았다. 이곳의 구조에 대해 잘 아는 남자와 달리 나는 여러모로 불리했다.

"이놈!"

남자가 벼락같이 소리치며 달려들었다. 비정한 소리를 내며 내 옆을 스쳐간 칼이 시멘트 바닥에서 불꽃을 튀겼다. 온몸에 힘이 들어가는 바람에 쥐고 있던 전기충격기의 버튼을 누르고 말았다. 전기충격기가 3단으로 펴졌다.

"그 따위 물건으로 내 칼을 막으려고?"

내가 적극적인 공격 자세를 취한 걸로 오해한 남자가 화를 냈다. 그런 게 아니라고 변명할 수도 없었다. 이러지도 저러지도 못하고 있는데 칼이 다시 날아들었다. 엄마야! 얼결에 전기충격기를 치켜들었다. 그런데 칼과 부딪칠 때의 충격으로 그만 전기충격기를 놓쳤다. 남자가 다시 칼을 치켜들었다. 목구멍을 넘어오려는 비명을 삼키며 선반 뒤로 몸을 숨겼다. 소름 끼치는 소리를 내며 나를 향해 오던 칼이 선반에 박혔다. 전기충격기는 너무 멀리 있었다. 바지주머니에서 권총을 꺼냈다.

"칼 버리고 손들어!"

권총을 본 남자가 흠칫했다. 그사이에 뒷걸음질쳐 안전거리를 확보했다. 하지만 남자는 곧 칼을 빼들더니 천천히 다가왔다. 뒤로 물러나며 허공에 대고 방아쇠를 당겼다. 남자를 저지할 방법이 이것뿐이었다. 고막을 때리는 소리가 났다. 사방이 막힌 공간이어서 소리가 더 컸다. 고막이 얼얼했다. 남자가 멈칫했다. 매캐한 화약 냄새가 코를 찔렀다. 나도 놀라긴 마찬가지였지만 태연한 척했다.

"칼 이쪽으로 던지고 손들어!"

다시 쏠 것처럼 총구를 내밀었다. 빈총인 걸 남자가 알면 끝이었다. 손잡이를 쥔 오른손이 사정없이 떨렸다. 왼손으로 오른손목을 잡았다. 남자는 움직임이 없었다. 망설이는 듯했다.

"어서!"

내가 다그쳤다. 그제야 칼을 내려놓은 남자가 천천히 손을 들었다. 나는 남자에게 눈길을 고정시킨 채 조금씩 뒷걸음질쳤다. 무언가 운동화 뒤축에 닿았다. 전기충격기였다. 전기충격기를 주워 드느라 몸을 굽혔다. 그 순간을 놓치지 않고 남자가 칼을 집더니 공격해왔다. 전기충격기로 막았다. 딱히 어쩌겠다는 의도에서가 아니라 본능적인 동작이었다. 손잡이를 쥔 손에 힘을 가하느라 어금니를 사려 문 남자의 얼굴이 일그러졌다. 나도 팔에서 점점 힘이 빠졌다. 필사적으로 버티던 나는 몸을 살짝 옆으로 빼며 전기충격기를 남자의 옆구리에 댔다.

"컥!"

남자가 부르르 몸을 떨더니 풀썩 쓰러졌다. 칼이 시멘트 바닥에 굴렀다. 입구를 향해 내달리던 나는 이내 마음을 바꾸었다. 내가 돌아가기 전에 깨어나면 큰일이었다. 쓰러진 남자를 어떻게 처리할까 고민하다가 엄지와 중지를 딱 소리 나게 튕겼다. 보관번호 590번대 선반에 용도를 알 수 없는 줄이 있었던 게 떠올랐던 것이다.

여러 가닥을 꼬아 만든 줄은 튼튼해 보였다. 그래도 혹시나 싶어 줄을 양손에 쥐고 힘껏 잡아당겨 보았다. 어느 지점에서 팽팽해진 줄이 내 힘을 거부했다. 길이도 넉넉했다. 남자의 다리와 팔을 단단히 묶었다. 젖혀진 유카타 자락 사이로 훈도시가 드러나 있었다. 보는 사람이 나뿐이기는 해도 민망했다. 유카타 자락으로 사타구니를 덮어주었다. 귀환영역으로 돌아왔다.

16

전송기계 조종석에 앉아 권총을 살펴보았다. 총알이 발사되었으니 정상적으로 작동하는 건 확인했다. 전송 시간을 안중근이 강도를 당한 뒤로 맞추었다. 마음이 급해서인지 고통도 덜했다.

메이지 42년(1909년) 10월 25일 오후 9시 30분. 중국 하얼빈 레스나야 거리 28번지, 김성백 집 앞

안중근은 벽에 기대앉아 뒷머리를 어루만지고 있었다. 입에서 낮은 신음 소리가 새어 나왔다. 내 발소리에 안중근이 고개를 돌렸다.

"어딜 갔다 온 게냐?"

"제가 도와드릴게요."

나는 대답 대신 부축하기 위해 안중근의 왼쪽 겨드랑이에 손을 넣었다.

"아니다, 혼자서도 갈 수 있다."

안중근이 일어나 옷을 털고 도리우찌를 고쳐 썼다. 우리는 큰길로 나왔다.

"나는 이 근처에서 묵고 있다. 넌 집이 어디니?"

"여기서 멀지 않아요."

"이만 헤어져야겠구나. 조심해서 가거라."

대답할 틈을 주지 않고 안중근이 돌아섰다. 나를 살리려고 권총을 내던지던 때와 달리 거리를 두고 대하는 게 느껴졌다. 내가 일본인이어서? 우리는 조선인이지만 이제까지 일본어로 대화를 나누었다. 안중근을 기다릴 때 추워서 통번역기 켜는 걸 깜빡했다. 언어는 그 사람의 정체성을 나타내는 도구였다. 우리가 일본의 지배를 받는 처지라는 게 새삼 서글펐다.

"저……, 이거."

권총을 내밀었다.

"어디서 났니?"

안중근이 권총을 얼른 받아 들었다.

"주웠어요. 강도들이 흘리고 갔나 봐요."

"가볍다 했더니 총알을 가져갔군."

탄창을 꺼내 본 안중근이 혼잣말을 했다. 삽시간에 당한 일이라 지금은 얼떨떨하지만 안정을 찾으면 꼬치꼬치 캐물을지도 몰랐다. 탄창에서 총알만 빼 갔다는 건 누가 봐도 말이 안 되니까. 더 이상 내가 할 일도 없었다.

"전 이만 가 볼게요."

"그래, 어쨌든 고맙구나. 네게 큰 빚을 졌다. 우리 악수할까?"

안중근이 손을 내밀었다. 나는 잡은 손을 힘주어 흔들었다. 거칠지만 따뜻한 손이었다. 손을 풀고 한 발 물러난 나는 정중하게 고개를 숙였다. 처음이자 마지막 만남이었다. 거사를 성공하면 살 수 있을까? 돌아서는 발걸음이 무거웠다.

"이름이라도 알려주려무나."

"류타예요, 야스모토 류타."

나는 돌아서서 말했다.

"그래, 류타, 나는 조선인 안중근이다. 조심해서 가거라."

"예, 안녕히 계세요."

나도 조선인이라고 말하려다 그만두었다. 지금으로선 아무 의미가 없었다.

"그래, 이거 고맙다."

안중근이 권총이 든 외투주머니를 툭툭 쳤다. 나는 싱긋 웃었다. 다시 고개를 숙인 나는 김성백의 집과 반대 방향으로 걷다 골목으로 들어갔다. 짧은 만남이었지만 학습프로그램에서 만났던 안중근과는 전혀 달랐다. 하긴, 안중근을 테러리스트로 만들려면 인격도 거기에 걸맞게 창조해야 했으리라. 어쩌면 안중근은 내 조상인지도 몰랐다. 쇼와 15년(1940년)에 시작된 창씨개명(創氏改名) 청원운동●은 조선인들 사이에서 자발적으로 이루어졌다. 말 그대로 '씨'를 만들고 '이름'을 바꾼다는 뜻이다. 그러니까 조선식 성명(姓名)을 버리고 일본식 씨명(氏名)을 사용하자는 운동이다. 내 씨인 야스모토(安本)

● 조선인 지도자와 각계 사회단체가 중심이 되어 제7대 조선총독 미나미 지로에게 조선인도 일본식 씨명을 쓰게 해달라고 청원하면서 일어난 운동.

는 원래 내가 안(安) 씨임을 나타낸다. 조선인들이 자기 '성'에 한 글자를 더 보태 '씨'를 만드는 건 창씨를 하는 방법 중 하나였다.

안중근이 김성백 집으로 들어가는 걸 확인하고 귀환영역을 향해 걸음을 재촉하던 나는 손바닥으로 이마를 쳤다.

아차.

인질이 되고, 빼앗긴 권총을 찾아오느라 정신이 없어 정작 해야 할 일을 까먹고 말았다. 안중근을 만난 목적은 하얼빈 역 2층 서양 식당에서 발사되는 총알을 조심하라는 말을 전해주기 위해서였다. 이토 공을 저격하려다 실패한 안중근은 러시아 병사들의 총에 죽었다. 부검 결과 안중근의 몸에선 러시아 병사들이 사용하는 소총의 총알 세 발이 나왔다. 안중근을 부검한 러시아 측에서는 탄착점을 들어 2층에서 발사된 거라고 주장했지만, 일본 측에서는 안중근의 몸에서 나온 총알을 증거로 내세워 러시아 병사들이 쏜 거라고 발표했다.

다른 방법이 없었다. 다시 가는 수밖에. 그리고 조심하라고 일러주는 것보단 안중근이 거사를 성공하도록 직접 돕는 편이 나을 것 같았다. 미리 말해주면 안중근의 집중력이 흐트러져 방해가 될 수도 있으니까. 나를 의심해 거사를 포기하거나 나 때문에 신경이 쓰여 실패하는 극단적인 상황이 발생할지도 모르니까.

귀환하자마자 시간을 안중근이 이토 공을 저격한 날로 맞추었다.

메이지 42년(1909년) 10월 26일 오전 9시. 중국 하얼빈 역

이런!

하필 도착한 곳이 화장실이었다. 황급히 화장실을 나왔다. 대합실은 사람들로 붐볐다. 열차를 이용하려는 여행객이 아니라 거의가 이토 공을 마중 나온 일본인들이었다. 몇 명씩 무리 지어 돌아다니는 일본 병사와 러시아 병사 들도 눈에 띄었다. 군악대가 연주하는 음악 소리가 들려왔다.

안중근은 오전 7시부터 기다렸다고 했다. 1층 찻집 문을 열고 살짝 안을 엿보았다. 러시아 군인과 일본인들만 있었다. 안중근이 플랫폼으로 나간 뒤였다. 창문 너머 플랫폼에 환영 인파들이 몰려 있었다. 주위를 살피고 나서 2층으로 올라갔다.

통번역기를 작동시키고 출입문을 열었다. 서너 테이블에 손님이 있었다. 흰 블라우스에 검정 치마를 입은 백인 아가씨가 러시아어로 나를 맞았다.

"플랫폼이 보이는 자리로 주세요."

단말기가 내 말을 러시아어로 통역했다.

"이쪽으로 오세요."

백인 아가씨가 앞장섰다. 구석자리에 앉은 동양인 남자 곁을 지나다 눈이 마주쳤다. 아주 잠깐이었지만 눈빛이 예사롭지 않았다. 백인 아가씨는 남자와 좀 떨어진 자리로 나를 안내했다. 그 남자는 열린 창문으로 플랫폼을 내려다보고 있었다.

"일행이 오면 주문하겠습니다."

내 말에 백인 아가씨가 살짝 웃으며 물러났다. 나는 남자가 마주 보이는 자리에 앉아 창문을 열었다.

플랫폼에는 이토 공이 탄 임시특별 열차가 정차해 있었다. 기모노를 입은 여자와 세라복을 입은 여학생, 양복을 입은 남자 들이 일장기를 흔들었다. 그 오른쪽으로 중국 군악대와 병사, 러시아 군악대와 병사, 그리고 러시아 관리 들이 도열해 있었다. 맞은편 남자는 별다른 움직임 없이 창밖만 내다보았다. 하지만 좀 전에 본 눈빛 때문에 자꾸 신경이 쓰였다.

창밖을 보는 척하며 계속 훔쳐보는데 남자가 테이블보 안에서 뭔가를 꺼냈다. 개머리판을 없애 짧게 만든 소총이었다. 보나마나 안중근을 저격하려는 거였다. 바지주머니에 든 전기충격기를 움켜쥐었다.

엄마의 말을 다시 한 번 확인하는 순간이었다. 보안국에서 전송기계를 이용해 과거로 모종의 메시지를 보냈을 거라는. 저렇게 러시아 병사가 쏜 것처럼 위장하기 위해 철저히 대비한 걸 보면 그랬을 가능성이 높았다. 남자가 총구를 창밖으로 내밀었다. 전기충격기를 바지주머니에 넣은 채 빠른 걸음으로 남자에게 다가갔다. 노리쇠를 젖혀 총알을 장전한 남자가 가늠자에 눈을 대고 사격자세를 취했다. 군악대 연주가 시끄러운 데다 집중하느라 내 기척을 느끼지 못하는 남자의 등에 전기충격기를 댔다. 남자가 몸을 부르르 떨더니 창턱에 머리를 박았다. 재빨리 식당 안을 둘러보았다. 모두들 식사를 즐기거나 창밖을 내다보고 있었다. 소총을 들고 내 자리로 돌아왔다.

한 무리의 사람들이 러시아 군악대를 지나고 있었다. 나는 이토 공을 금방 알아봤다. 키가 생각보다 작은 것 말곤 사진에서 봤던 그대로였다.

새로 바뀔 역사를 목격한다는 사실에 가슴이 벅찼다. 시끄러운 연주 소리에도 쿵쾅거리는 내 심장 소리가 똑똑히 들려왔다. 모든 장면을 머릿속에 담으려고 두 눈을 부릅떴다. 머리를 창문 너머로 내밀었다. 안중근이 러시아 병사들 뒤에 서 있었다. 안중근은 신중하고 침착했다. 나는 숨을 멈췄다. 안중근이 외투주머니에서 권총을 꺼냈다.

안중근과 이토 공의 거리는 불과 열 걸음? 네 발의 총소리가 울렸다. 권총에서 나온 흰 연기가 허공으로 흩어졌다. 이토 공이 쓰러졌다. 아무런 소동도 일어나지 않았다. 사람들이 무슨 일이 벌어졌는지 미처 파악하지 못한 것이다. 다시 이어진 세 발의 총소리에 러시아 병사들의 대열이 흐트러졌다. 그제야 환영객 사이에서 비명이 터져나왔다. 네 명의 부상자가 나뒹구는 플랫폼은 삽시간에 아수라장이 되었다. 식당 안의 사람들이 총소리를 듣고 창가로 우르르 몰려왔다.

안중근이 권총을 내던지고 손을 번쩍 치켜들며 세 번을 외쳤다.

"코레아 후라!"

러시아 병사들이 안중근에게 달려들었다. 강제로 무릎이 꿇린 안중근의 팔이 뒤로 꺾였다. 안중근을 에워싼 러시아 병사들이 소총을 겨눴다. 한 러시아 병사가 안중근이 내던진 권총을 주워 들었다. 안중근은 대합실 안으로 끌려갔다. 이토 공은 열차 안으로 옮겨졌다. 죽었는지는 알 수 없었다.

성공이다!

그렇다고 마냥 좋아할 수만은 없었다. 안중근이 걱정돼 잘 떨어지지 않는 발걸음을 움직여 식당을 나왔다. 안중근을 저격하려던 남자는 내가 나올 때까지도 기절해 있었다.

일본 병사와 러시아 병사 들이 의심 가는 사람이 있으면 신분증을 요구했다. 신분증이 없거나 빨리 제시하지 못하면 가차없이 체포했다. 공범을 색출하고 있었다. 검문을 당하면 내 신분이 드러나는 건 시간문제였다. 통번역기를 껐다. 잡히면 일본어를 못 알아듣는 중국인 행세를 할 작정이었다. 걸음을 빨리했다.

귀환영역에 도착했지만 화장실 문이 잠겨 있었다. 볼일이 급한 사람처럼 문을 두드렸다. 안에서 노크소리가 들렸다. 다시 두드렸지만 신경질적인 반응이 담긴 노크소리가 되돌아왔다. 화장실 문에 바짝 붙어 귀환 버튼을 눌렀다. 귀환영역을 벗어났는지 작동하지 않았다. 비어 있는 옆 칸으로 가서 귀환장치를 작동시켰다. 벽 때문인지 역시 작동하지 않았다. 하는 수 없었다. 칸막이를 타 넘었다. 일을 보던 서양인이 기겁을 하며 뭐라 뭐라 항의했다. 냄새가 지독했다.

"죄송합니다, 정말 죄송합니다."

나는 연신 고개를 숙이며 바지를 추스르지 못한 서양인을 밀어냈다. 화난 서양인이 거칠게 문을 두드렸다. 이마에 배어난 땀을 손등으로 문지르며 귀환장치를 작동시켰다.

17

뒤로 자빠지며 엉덩방아를 찧었다. 딱딱한 바닥이었다. 자동차 소리가 들렸다. 눈을 뜨니 보도블록 위였다. 청년이 나를 힐끗거리며 지나갔다. 옷차림이 이상했다. 건물도 낯설었다. 대형트럭이 바람을 일으키며 지나갔다. 매연 때문에 목구멍이 따끔거리더니 곧 기침이 나왔다.

어디지?

교차로 건너편의 간판이 눈에 들어왔다. 일본어가 아니라 조선어였다. 벽에 붙은 종이에도 조선어가 쓰여 있었다. 교복을 입은 여학생들이 대화를 하며 지나갔다. 귀 기울여 들으니 역시 조선어였다.

보안국에서 또 음모를 꾸민 건가?

아니지. 나는 도리질을 쳤다. 전송기계를 이용해 과거로 간 걸 알았다면 당장 체포했을 것이다. 가로수 사이에 조선어가 쓰인 천이 걸려 있었다. 아래에 2018이란 숫자가 보였다.

그럼 2018년?

지금이 언제이고, 이곳은 어딘지 알아야 했다. 몇 사람에게 일본어로 대화를 시도하다 실패하고 나서야 통번역기가 떠올랐다. 그랬다. 지금 내 처지가 통번역기도 생각나지 않고, 귀환에 따르는 고통도 느끼지 못할 정도로 난감하고 당황스러웠다.

통번역기로 스캔했다.

군산시립교향악단 제129회 정기연주회

일시 : 2018년 4월 12일 오후 7시 30분

장소 : 군산예술의전당 대공연장

주최 : 군산시

주관 : 군산시립교향악단

짐작대로 2018년이었다. 이곳은 군산이다. 군산 뒤에 붙은 시(市)는 부(府)에서 개편된 행정구역 같았다.

어떻게 된 거지?

왼쪽에 있는 큰 건물 옆으로 자리를 옮겼다. 나뭇가지를 주워 바닥에 1909년의 하얼빈과 2056년의 군산을 표시했다. 그 사이에 2018년의 군산을 다시 표시했다.

전송기계가 고장 나 작동을 멈췄다면 나는 하얼빈에 있어야 했다. 또는 오작동해서 2018년에 불시착했다면 이곳은 여전히 일본의 식민지인 군산이어야 했다. 하지만 이곳은 조선어를 쓰는 군산이다. 그렇다면 가능성은 한 가지, 내가 바로잡은 역사가 다른 역사에 영향을 미쳐 내가 살던 군산은 없어졌다. 그리고 다른 세상이 만들어졌다. 그 새로운 세상은 조선어를 쓰는 곳이다.

일본의 식민지에서 독립한 조선……?

이성적이고 논리적인 과정을 거쳐 도출한 결론임에도 믿기지가 않아 새삼 주위를 둘러보았다.

그런데 왜 2018년이지?

머지않아 그 의문도 풀렸다. 내가 귀환하는 속도보다 연쇄반응이 더 빠르게 진행되었다면 나는 2018년 전, 더 느리게 진행되었다면 2018년 후의 어느 시점에 불시착했을 것이다.

그렇다면 엄마는……?

가슴이 덜컥 내려앉았다. 새로운 세상이 만들어지면서 엄마도 없어졌다! 어딘가에 살아있다고 해도 고작 아홉 살이었다.

엄마는 이 상황을 왜 예측하지 못했을까?

의문이 머릿속에서 사라지기도 전에 엄마의 말이 떠올랐다.

엄마는 언제 어디서나 너와 함께 있을 거란다.

나는 어떤 깨달음에 입이 쩍 벌어졌다. 그랬다. 엄마는 알고 있었다. 나를 안고 미안하다고 했을 때 눈치챘어야 했다. 이런 바보! 엄마는 그때 이미 이별을 준비했던 것이다. 그러고 보니 엄마는 과거로 가서 만났을 때도, 편지에서도 다시 만날 거라는 말을 하지 않았다.

이제야 알겠다. 엄마가 모리 나가요시의 「첫사랑」을 읽은 건 내용에 공감해서가 아니었다. 주인공인 시노 박사가 과거로 가서 젊은 시노와 첫사랑 여인을 맺어주어 미래가 바뀌었다면 시노 박사는 자기가 살던 곳으로 돌아갈 수 없다. 연쇄반응을 일으킨 결과로 많은 것들이 바뀔 것이기 때문이다. 엄마는 소설을 읽으며 모리 나가요시가 범한 오류를 발견했던 것이다.

엄마를 다신 못 본다…….

당혹감과 두려움이 늑대 떼처럼 몰려와 온몸을 마구 물어뜯었다. 낯선 곳에 혼자 남겨질 걸 알면서도 아무 말도 하지 않은 엄마가 야속하고 원망스러웠다. 내가 마주한 모든 것들이 무의미했다. 거리에서 들리던 소음도, 눈앞에 보이던 것들도 비현실적으로 느껴졌다. 극심한 무기력증에 휩싸여 손가락 하나 까딱하는 것도 귀찮았다.

하지만 시간이 지나면서 차츰 냉정을 되찾았다. 앞으론 내 힘으로만 살아가야 한다. 이런 결정을 내린 엄마의 마음도 헤아려졌다. 아니, 헤아려야 했다. 나를 조작된 일본 식민지에서 삼등시민으로 살게 하고 싶지 않았으리라. 그 대가로 치러야 하는 나와의 이별을 결심하기까지는 쉽지 않았을 것이다. 마냥 이러고 있을 수는 없었다. 내 추론이 맞는지 확인해야 했다. 이 건물이 우주항공박물관이란 말인데……. 우주항공박물관과 비교했을 때 건물 규모는 턱없이 작지만 본관의 건축 양식은 비슷했다. 특히 사무라이의 투구를 닮은 마름모꼴 지붕이 그랬다.

건물을 돌아보다 뒤쪽의 큰 느티나무 아래에서 땅속을 들여다볼 수 있도록 만든 유리판을 발견했다. 안쪽에 시멘트 계단이 있었다. 설명이나 안내는 없지만 위치로 보아 내가 들어갔던 우주항공박물관의 그 통로였다. 바람결에 실린 갯내를 맡으며 강가로 갔다. 통로 입구는 흔적도 없었다. 고수부지가 있던 자리엔 탁한 물이 흘렀다.

정박 중인 어선들과 부잔교가 물 위에서 조금씩 흔들렸다.

새로운 세상이 만들어지면서 지리적인 조건도 바뀐 건가?

건물을 돌아서 앞쪽으로 갔다. 군산근대건축관. 건물 명칭이 그랬다. 출입문 옆에 안내문이 있었다. 일본어도 있어 스캔할 필요가 없었다.

일제강점기 일제의 식민지 지배를 위한 대표적인 금융시설로서 1922년에 완공된 것으로 추정된다. 일제강점기 군산을 배경으로 한 소설인 채만식의 『탁류』에 등장하는 이 건물은 군산의 근대사를 보여주는 상징적인 건물이다. 설계자는 일본인 건축가인 나카무라 요시헤이이며 조적조 2층 건물로 지붕은 함석판을 이은 모임지붕으로 처리하였다.

1909년에 설립된 대한제국의 국책은행인 구 한국은행은 일제강점기 총독부에 의해 조선은행으로 개칭되었고 조선총독부의 직속금융기관 역할을 하였다. 해방 이후 조선은행이 한국은행으로 바뀌며 전주로 이전하자 한일은행 군산지점으로 사용되기도 하였다.

'해방 이후'라는 표현을 보면 조선이 독립한 게 맞았다. 일제강점기? 해방된 조선에선 일본 식민지 시대를 이렇게 부르나 보다. 좀 더 자세하고 정확한 걸 알고 싶었다. 맞은편에서 애완견을 안고 오는 중년 여인에게 다가갔다.

"컴퓨터를 무료로 쓸 수 있는 곳이 어디죠?"

"주민센터나 은행에 가면 컴퓨터가 있을 거야."

통번역기가 나와 중년 여인의 말을 통역했다. 주민센터는 낯설지만 은행은 익숙한 단어였다.

"그럼 이 근처에 은행이 어디 있어요?"

"저쪽으로 가다 보면 왼편에 있을 거다."

중년 여인이 도로 건너편을 가리켰다. 횡단보도는 내가 사는 시대와 비슷했다. 통번역기로 주변을 스캔하며 걸었다. 중화요리음식점, 편의점, 삼겹살집, 카페, 음식점, 치킨전문점, 슈퍼마켓, 커피숍……. 번역이 되지 않는 단어도 몇 개 있었다. 새로운 단어여서 통번역기가 인식하지 못하는 것 같았다. 번역은 돼도 상호만 봐선 무얼 파는지 알 수 없는 곳도 있었다. 은행은 300미터쯤 떨어진 곳에 있었다.

한쪽 구석에 마련된 컴퓨터는 본체와 모니터가 분리된 구형이었다. 모양과 사용법은 달랐으나 작동원리는 비슷했다. 모니터 화면에 떠 있는 포털 사이트에 조선어로 에놀라 게이를 입력했다. 글자를 만드는 원리를 알곤 있지만 더듬더듬 입력하려니 시간이 꽤 걸렸다. 관련 항목들이 떴다. 그중에 하나를 클릭하고 통번역기로 스캔했다.

에놀라 게이(Enola Gay)는 미 육군항공대가 보유한 B-29 슈퍼포트리스 중 하나이다. 1945년 8월 6일 히로시마 원자폭탄 투하에 사용되었다.

에놀라 게이가 임무를 완수했다. 당연한 결과인데도 실제로 확인하자 감격스러웠다. 검색 관련 항목엔 3일 뒤 나가사키에 다른 원자폭탄이 투하되고 나서 일본이 무조건 항복을 선언했다고 나와 있었다. 레이저포로 무장한 전차를 공격하던 조선인 병사들의 얼굴이 하나하나 스쳐갔다. 그들은 어떻게 되었을까.

고가 다다요시를 입력했다.

1942년 6월 4일, 당시 19세였던 일본 해군 일등비행병조 고가 다다요시는 항공모함 류조에서 제로센 D1-108을 타고 출격했다. 하지만 공격임무를 마치고 귀환하던 중, 기관포탄 두 발을 맞아 연료보급 장치에 결함이 생겨 근처 아쿠탄 섬 늪지대에 비상착륙을 시도했다. 그 과정에서 바퀴가 스펀지처럼 푹신한 늪에 걸려 D1-108이 뒤집혔고, 고가 다다요시는 목이 부러져 즉사했다. D1-108은 5주 후인 7월 10일, 근처를 정찰하던 미 해군 카타리나 비행정에 발견되었다. 파손 정도가 경미한 D1-108은 수송선에 실려 미국 본토로 옮겨졌다. D1-108은 미군이 온전하게 노획한 최초의 제로센이었다. 미군 기술정보부대는 부품 하나하나까지 철저히 조사하고, 테스트 비행까지 했다. 제로센의 장단점이 속속 드러났다. 미 공군은 밝혀낸 정보를 바탕으로 새로운 전술을 개발해 공중전에서 제로센을 제압하기 시작했다.

D1-108이 내가 쏜 기관포에 맞았는지는 확인할 길이 없었다. 고가 다다요시가 죽은 나이는 열아홉, 나보다 두 살 위였다. 머나먼 이국땅에서 외롭게 죽어 간 고가 다다요시를 생각하니 착잡하고 안타까웠다. 어쩌면 부모님이 이름을 지어주는 순간부터 그는 나라를 위해 죽을 운명이었는지도 모른다. 그의 이름, 다다요시는 충의(忠義)라는 뜻이었다. 마음으로 명복을 빌어주었다.

고가 다다요시가 전사했는데도 역사가 바뀌지 않은 건 그가 조종한 D1-108이 늦게 발견되면서 연쇄반응이 지연된 때문인가?

마지막으로 안중근을 검색했다.

안중근은 이토 공, 아니 이토를 저격하는 데 성공했다. 현장에서 체포돼 러시아 관헌의 조사를 받은 뒤, 일본 관할인 뤼순으로 옮겨진 안중근은 1910년 2월 14일에 사형언도를 받았고, 3월 26일에 사형이 집행되었다.

돌아가셨구나…….

하지만 안중근의 죽음은 헛되지 않았다. 안중근을 기리는 기념사업회와 기념전시관이 있었다. 안중근이 거사를 벌였던 하얼빈에도 기념관이 있었다. 안중근은 알코올중독자에, 돈만 밝히는 살인청부업자가 아니라 의사라 추앙받는 위인이었다. 안중근의 인품과 행적을 아는 일본인이나 중국인도 그를 흠모하고 존경한다고 했다. 안중근의 어머니도 대범한 사람이었다. 안중근이 사형을 언도받자 항소하는 건 목숨을 구걸하는 일이니 떳떳하게 죽는 게 효도라고 했다고 한다. 식민지의 어머니들이 자식과 이별하는 건 시공간을 뛰어넘어 반복되는 운명인 모양이었다. 나와 같은 처지에 놓였던 안중근에게 강한 동질감이 느껴졌다. 안중근이 이토를 사살했음에도 조선은 다음 해인 1910년에 일본의 식민지가 되었다가 1945년에야 독립했다고 나와 있었다. 안중근의 거사와 조선의 독립 사이엔 36년이라는 시차가 있었다. 이토의 죽음이 조선의 독립에 어떤 영향을 미쳤는지는 알 수 없다. 다만 크고 작은 사건들이 씨줄과 날줄로 정교하게 짜여져 조선의 독립이라는 역사적 인과성을 만들었으리라 짐작할 따름이었다.

안중근에 대해 더 알아보려고 통번역기로 다시 화면을 스캔했다. 안중근을 테러리스트라고 지칭한다는 문장이 눈에 띄었다. 당연히 일본인들의 주장일 거라고 생각하며 클릭한 나는 깜짝 놀라고 말았다. 일부 조선인들이 일본 식민지 시대를 미화하고, 안중근을 테러리스트라고 부른다는 내용이었다. 내 눈을 의심했다. 잘못 읽었나 싶어 관련된 글들을 읽어도 마찬가지였다. 온몸에서 기운이 빠졌다. 분명 지금은 일본의 식민지가 아니었다. 그런데 어째서 안중근을 여전히 테러리스트라고 하는 거지? 죽을 고비를 넘기며 역사를 바로잡은 결과가 이거란 말인가. 엄마와 이별하면서 얻은 대가가 고작 이런 거란 말인가. 보안국이 엄마를 유인하기 위해 나를 유괴하고, 고의로 교통사고를 두 번이나 냈지만 엄마는 모습을 나타내지 않았다. 그랬던 엄마가 이 사실을 알면 뭐라고 할까?

"저, 다 쓰셨으면……."

넋을 놓고 있는데 누군가 말을 걸어왔다. 돌아보니 가방을 한쪽 어깨에 걸치고, 귀에 이어폰을 꽂은 청년이 서 있었다. 자리에서 일어나 은행을 나왔다.

테러리스트라는 말이 머릿속에서 계속 맴돌았다. 어처구니가 없고 화가 치밀었다. 고개를 저어도 테러리스트라는 단어는 사라지지 않았다. 이럴 땐 다른 생각을 하는 게 최선이었다.

내가 살던 집은 어떻게 되었을까.

전송기계의 핵심부품과 다른 물건들을 타임캡슐에 넣어 없애라고 한 엄마의 당부가 떠올랐다. 아마도 엄마는 생각했을 것이다. 내가 직접 타임캡슐을 없애야 할 경우는 역사를 바로잡는 일이 실패했을 때라고.

2056년의 군산과 2018년의 군산은 전혀 다른 곳이지만 일본 식민지 시대에 건설된 도시여서 시가지가 바둑판 모양으로 구획된 건 똑같았다. 군산근대건축관을 등지고 찾아간 곳엔 소규모 아파트 단지가 들어서 있었다. 주변엔 오래된 단독주택들이 옹기종기 모여 있었다. 내가 살던 집은 흔적도 없었다. 좁은 이면도로로 이따금씩 승용차들이 지나갔다. 우리 동네가 있던 자리와 그 주변을 배회하다 돌아섰다.

이제 무얼 하지.

현실적인 문제로 돌아오자 다시 막막해졌다. 문득 명령했던 병사가 생각났다. 이름이 박준식라고 했다. 우주항공박물관이 용도와 규모는 달라졌지만 군산근대건축관으로 여전히 존재하는 것처럼 어쩌면 박준식 형도 살아 있을지 모른다. 티니언 섬에서 만났을 때 20세 전후였으니, 올해로…… 90세쯤 됐을 것이다. 고향이 경성부라고 했다. 지금은 그곳에 살지 않더라도 살아 있다면 찾을 방법이 있을 것이다. 티니언 섬에 있던 조선인들의 친목모임이나 단체가 있을 수도, 해방된 뒤에 세워진 정부에서 그들의 명단을 관리할 수도 있었다. 그게 아니어도 보성전문학교에 다니던 학생이라고 했으니 학적부나 졸업생 명단에 기록이 남아 있을 것이다. 어서 만나고 싶었다. 그러면 지금 이곳에서 벌어지는 안중근의 평가에 대해서도 속 시원한 답변을 들을 수 있으리라.

만날 사람이 있다고 생각하니 한결 힘이 났다. 박준식 형이 살아 있기만 바랄 뿐이다. 가슴을 펴고 깊은 숨을 쉬었다. 여기선 조선인이라고 차별받는 일은 없다. 그것만 해도 어딘가. 엄마는 내가 씩씩하게 살아가길 바랄 것이다. 나 또한 엄마의 희생을 헛되이 하고 싶지 않았다. 언제부턴가 나는 〈굿바이, 크루얼 월드〉를 흥얼거리고 있었다.

앞으로 해야 할 일들을 머릿속으로 정리하며 걸음을 내디뎠다.

작가후기

내가 사는 아파트는 월명산 자락에 있다. 월명산이 '명월'이 아니라 '월명'인 건 일본식 어순이기 때문이라고 한다. 하지만 「제망매가」의 지은이가 월명사인 걸 보면 꼭 그렇지만도 않은 것 같다. 월명산의 벚꽃은 일제강점기엔 경성에서 특별열차를 편성할 정도로 장관이었다고 한다. 매일 시간을 정하지 않고 월명공원 수원지 둘레를 걷는다.

수원지와 산책길은 내 글쓰기의 원천이자 자산이다. 수원지의 물빛이나 냄새는 계절이나 시간대에 따라 달라진다. 비 오는 날엔 머리를 꼿꼿이 쳐든 괴생물체를 발견한다. 어스름 저녁이면 외래종인 황소개구리 울음소리가 들린다. 한때 숲을 지배하던 청설모들은 어디로 간 걸까? 공도교에서 쌀 튀밥을 주면 몰려드는 잉어를 구경하는 재미도 쏠쏠하다. 안개가 심한 어느 겨울밤, 흰 체육복을 입은 커플을 유령으로 착각해 머리칼(?)이 쭈뼛 섰던 적도 있다. 산책길에 떨어진 모자나 장갑 한 짝을 발견하면 그 물건들의 내력과 주인들을 상상하게 된다. 작년엔 밤 11시쯤 갔다가 예닐곱 마리가 무리를 이룬 개들을 만났다. 무슨 모의라도 하는지 산책길 한가운데 버티고 서선 사람들이 지나가도 아랑곳하지 않았다. 3년 전엔 집필실에서 돌아와 몇 달 만에 갔더니 민둥산이 되다시피 했다. 소나무 에이즈라 불리는 재선충 때문이었다. 신록이 우거져 겨울 산의 황량함과 스산함이 가려질 때까지 내내 우울하고 심란했다.

이 모든 것들이 상상력을 자극한다. 내 머릿속에서 나오는 모든 글들이 수원지와 산책길에서 구상되고 숙성되었다고 해도 지나치지 않다. 평범하고 소박하기 그지없는 장소이지만 나에겐 사색과 모색이 이루어지는 소중한 곳이다. 편백나무 숲에 누워 장르를 구분 않고 다운받은 음악을 듣노라면 상상력은 무한대로 확장된다. 풀벌레 소리에 볼을 간질이는 미풍까지 더하면 더할 나위가 없다.

이 소설은 위에서 말한 월명산 어디에선가 구상되었다. 흔히 역사에는 가정법이 없다고 하지만 이 소설은 처음부터 끝까지 가정법을 활용했다. 우리는 종군위안부(정확한 명칭은 아니지만 일반적으로 사용되는 표현이니까)에 대해 사죄와 반성을 하지 않는 일본을 비판한다. 하지만 우리 중에 안중근 의사를 테러리스트라 부르는 사람들이 있는 상황에서 우리가 일본에 떳떳할 수 있을까? 이 소설은 이러한 반성에서부터 시작되었다.

원종찬 선생님과 출판을 허락해주신 조태봉 사장님, 책을 만드느라 애써주신 편집부에 감사드린다.

봄과 여름 사이에서

이준호